庆祝中华全国总工会成立100周年
天津市职工作家创作文丛

追光

李晓楠 著

ZHUI GUANG

中国工人出版社

图书在版编目（CIP）数据

追光 / 李晓楠著.—北京：中国工人出版社，2024.4
ISBN 978-7-5008-8422-4

Ⅰ. ①追… Ⅱ. ①李… Ⅲ. ①长篇小说－中国－当代 Ⅳ. ①I247.5

中国国家版本馆CIP数据核字（2024）第049276号

追光

出 版 人	董 宽
责任编辑	孟 阳
责任校对	张 彦
责任印制	栾征宇
出版发行	中国工人出版社
地　　址	北京市东城区鼓楼外大街45号　邮编：100120
网　　址	http://www.wp-china.com
电　　话	（010）62005043（总编室）
	（010）62005039（印制管理中心）
发行热线	（010）82029051　62383056
经　　销	各地书店
印　　刷	北京市密东印刷有限公司
开　　本	880毫米×1230毫米　1/32
印　　张	6
字　　数	123千字
版　　次	2024年4月第1版　2024年4月第1次印刷
定　　价	30.00元

天津市职工作家创作文丛·序

长风破浪会有时

蒋子龙

甲辰年初夏——“五一”劳动节来临之际，津沽大地绽放出一束别样的文学景观：十位作家，一套丛书，十部作品。作家居然成一个班的建制“闪亮登场”，让人有些惊奇和振奋，甚至感到有些突然。曾几何时，社会一度在关注天津青年作家队伍的现状，如今看谁还敢说“天津文学后继乏人”？！

说突然，其实并不突然。在过往的岁月里，他们都公开发表过多篇小说、散文、诗歌等作品，有的还出版过长篇小说，只是多以“散兵游勇”的姿态游离于文学界。久而久之，他们当中或许有人会成为名家，或许有人会与文坛渐行渐远，这也充分说明了机遇和平台的重要性。这十位作家来自不同的行业，他们共同的身份是所在单位的工会会员。这批俗称语境中的“业余作者”，之所以能和他们的作品一起在天津文坛集体出场，得益于天津市总工会的“职工作家培育工程”。回想起早年间，我所在的厂工会是职工的文艺之家，文、音、体、美、舞全面开花，富有吸引力、感召力和亲和力。离开工厂多年，我无论如何都想不到，天津市总工会竟办成这样一件给文学界鼓气提神、为职工生活锦上添花的大好事。

职工是社会的重要见证者和参与者，也是通过劳动创造生活的实践者。主办方天津市总工会告诉我，启动于去年春天的“职工作家培育工程”，参加条件之一是“在职职工”。在我看来，“在职职工”的视野里有真东西，生活中有真体验，情怀中有真良心，笔尖上有真表达，这就从根本上杜绝了鸡零狗碎的胡编乱造——看似写的是现实生活，却没有现实感，触及不到现实的敏感神经和痛点。纵观过往的文学大家，大都是“在职职工”。钱钟书对“纯文人”甚不以为然，他在《论文人》中就直言:“古人所谓‘词章家’、‘无用文人’、‘一为文人，便无足观’的就是。至于不事虚文，精通实学的社会科学与自然科学等专家，尽管也洋洋洒洒发表着大文章，断不屑以无用文人自居。”在物质社会、同质时代，差异就是优势，职业本身就使他们具备天然的差异性。因此，“在职职工”更容易培养和保持自己的势能。而写作，是不能失去势能的。

克莉斯蒂有句名言:“作家是缺少自信的人，永远需要鼓励。”从某种意义上讲，天津市总工会提供的“培育”更像一种鼓励。这种“鼓励”可谓形式多样、内容丰富，其中包括联系名家交流创作体会、提供修改建议等。这不仅是对“业余作者”

的鼓励，也是对文学创作“造血”机能的培育。岂止是“业余作者”，即使是名家，也需要这种鼓励。陈忠实写完《白鹿原》，先拿给一位并非声名赫赫的评论家朋友看，得到朋友的认可和鼓励后，才敢寄给出版社。同样的道理，十位作家与工会这个“知音”不期而遇，从而有了十部作品的高山流水。

这十位作家中有机关干部、产业工人、教师、公安干警、社区工作者等，他们带来七部长篇小说和三部5万字以上的中篇小说。其中的《坚不可摧》在我看来是长篇架构，只是没有完全展开，交代多于描写。这些作品无一不是从他们熟悉的生活元素中提炼出来的，题材多样、内容丰富，带有明显的天津地域色彩，创作理念也各有千秋。他们有沉实的生活底蕴，再配上足够的想象力，小说就有了魅力。

文学不能失去社会性，这十部书有着结实的人物形象和故事，写出了现实生活的骨感。《追光》中的女主人公刘少英，原是家里的墙上贴满奖状的模范人物，是村里最早致富的领头人，为支持村里办炼铁厂让全村人致富，不惜拿出全部家当。为此丈夫离开了家，而唯一的儿子死于事故。因儿子宅基地上无房，无法拆迁分房，村里干部和开发商与她多次协商无果，她成了“钉子户”和“上访专业户”。幸好后来为给山里送电，负责解决这一问题的男主人公陈进，年轻时曾是刘少英的崇拜者，诚直和厚、古道热肠，在他的调解下，刘少英主动迁走了儿子的坟墓，为“追光”工程让路。晚年，她孤身一人顽强而不倨傲地生活在山脚下，守护着儿子的孤坟。整部小说风骨硬朗、气象清扬，并不回避社会现实中的丑恶与矛盾，却令人动容，并感到温暖。

文学界似乎或明或暗、或断或续地一直在争论写“光明面”和“阴暗面”的问题。文学的力量不取决于写不写这“两面”，而是怎样写、以什么样的心态写。倘是怀着阴暗的心理歌颂“光明”，那就是对“光明”的嘲讽，效果适得其反。而《追光》的作者诤直有胆识，文不负心，持经世情怀，纵是揭露了种种社会矛盾和丑恶，却能真正打动人，反不会令人有晦暗之感。诺贝尔文学奖获得者、德国作家格拉斯曾言“文学正在从公众生活中撤退”，这才是文学被边缘化和失去感染力的原因。现实主义的基本逻辑是真实，深刻必蕴于诚实之中。现实主义的真实有超越虚构和说谎的力量。

中篇小说《坚不可摧》就具备这样的品格，两个优秀的警察，不得不躲在医院卫生间里彻夜分析案情，商量破案办法。为什么？因为他们的顶头上司公安局长是凶杀案的幕后主使。小说气格峥嵘，提供了一个很好的故事，触及了现实的痛处。直面现实，才能超越现实，富有建设性。这样的作品有益于世道人心，给人一种精神鼓舞。

长篇小说《肺活贴》也如此，主人公吴刚的亲人罹患绝症，又被现行医疗环境逼到绝境，竟发愤自己制药……从一个个剖面，层层剥开掣肘职场、阻碍顺畅呼吸的病灶，绘制一幅幅青春奋斗风貌。这样的小说才是读者乃至社会的“肺活贴”。作者把自己的灵魂注入作品之中，用真诚使文字有了一种巨大的感染力量。真诚是创作的命根子，写作不是精神逃避，有真性情才有好文字。在虚假文字泛滥、作家的虚构能力减弱的当下文坛，这十部作品尤其显得难能可贵，有一种回归创作本真的强心意义。

长篇小说《“姐夫”驾到》文思灵幻，生面别开。单是主人公获得了“姐夫”这样一个称谓，便带着亲昵、诙谐等诸多涵义。一个合资企业的代理工会主席，像“姐夫”一般千方百计、足智多谋地为职工谋求合法权益，关心职工的进步和发展，最终竟将企业的外方老板也教化成半个“姐夫”。小说气象融合可亲，用嬉戏笔法消解了企业内部的紧张矛盾，语言俊丽、文采盎然。

《一条大河波浪宽》中的“大学生村官”闫行的一段话，让我觉得这部小说的境界，高于眼下同类题材的许多作品：“我不想唱高调，对我来说，我就是找了一份普普通通的工作，自己做得开心的同时，也能让身边的大家伙儿开心，这就是我工作的价值。”这部书提出了一个了不起的观念：大学生当“村官”应该“职业化”，而不是“运动化”。就如同企业界有“职业经理人”一样，有契约、有标准、有职责，双向选择，这样的“村官”更便于融入农村。所以闫行刚进村的时候是“小闫”或“小行”，渐渐变为“真行”或“大行”，后来成为“老行”！

成熟的文学原不受题材的局限，《车间主任》《新生代》等作品，描写了现代企业生产经营、管理与发展的各种情状，看似是所谓的“工业题材”，实际是表现现代人的“职业性”，或者说现代职业生涯中的人性。在计划经济的年代，工厂车间的主要职能是生产、出产品，人际关系简单，谁的技术好，谁就会受到上级和工友的尊重。“公私合营”后企业的性质只有一种“国营”，理论上工人是国家的主人。仅这十部书中涉及的企业，就有国有、独资、合资、股份制、全民所有制……人际关系变得极其复杂和微妙，本该以生产为主的车间，人际关系成了“第一生产力”……

过去写工厂生活有个很大的困难，不写生产过程，故事无法展开，人物塑造和矛盾的铺陈都离不开“生产”这个元素，但一写生产过程，作品就显得枯燥乏味，被贬为“车间文学”。而《车间主任》等作品完全没有受这些因素困扰，其表现的是工业生产环境下的职业人生，有其特殊性，也有共性。“工业题材”是个约定俗成的概念，工业剧烈地改变了社会，改变了生活，小说是冲着被工业化改变了的社会生活以及“工业人生”去的，工业生产只是工业人性的背景。工业社会里没有容易的人，也没有容易的人生，小说有察世之智，朴诚沉挚。这是《车间主任》《新生代》乃至《肺活贴》等作品对“工业题材”的开拓和新贡献。

《暖春》题材新颖，在此之前，我还没有读到过像模像样的反映“社工”生活的小说。小说中的居委会，已经完全不是从前由一个“老大姐”，俗称“街道大妈”主持工作的居民委员会了。网络社会，网中人在微信上亲，见了面淡，住在同一栋楼，可能很久都见不上一面。而小说《暖春》，却气度温婉，文字有清趣。

《大湖长歌》显然是取材于东丽湖的开发，因为东丽区的赤土村很有名，小说保留了这个村名。东丽区曾经是天津的一块文学高地，20世纪九十年代崛起的几位专写长篇小说的东丽作家，均已年过花甲。在天津市总工会推荐的十位作家中，看到李旸的名字，令人高兴。

以前东郊区有大片的田地覆盖着黑乎乎的污水，人们钓鱼不敢去东郊。先有东丽湖的开发，后有空港的建成，不仅是一个区改天换地，天津东部半个城市的面貌都大为改观。李旸倘是把格局打开，不局限于一个区、一个湖、一座神龟亭，驰骋想象，把东部天上地下、湖里岸边、神龟金条等串在一起，纵放宕出、浑然成章，或许小说有另一番气象。作家就应对现实深切关注，同时保持易于思考和发挥想象的适度距离。

我居住的小区靠近西外环，十多年前每有西风，便会闻到一种烧胶皮的臭味。无风时也有这种臭味，天空的西边还汹涌着浓密的黑烟……岂料那竟是小说《青铜雕像》的生活原型。社会开放，被贫穷挤压太久的农民，一有了发财致富的自由，便无师自通地寻找各种"赚钱的门路"，然后不顾一切地走下去。其中一条门路是到城里收购废铜烂铝，回家稍作处理，加价卖出。

其中的代表人物李清泉，最初乘长途公交车，奔波一天再乘车回家时，要经过一个检查站。像战争年代穿过封锁线一样，他把装着金属破烂的编织袋东藏西掖，还经常被没收。后来他骑"铁驴"自行车，驮着一二百斤甚至更重的破铜烂铁绕过检查站……书中有个细节具有经典元素，收破烂走街串巷，是十分劳累和辛苦的。一天中午，主人公李清泉实在又累又饿，坐靠在一个变压器小屋的墙根下，从怀里掏出干饽饽和一块咸菜，吃着吃着竟睡着了。迷迷糊糊感到有个热乎乎的东西在嘴边蠕动，用手一拨拉，摸到一团毛烘烘的东西，睁眼一看，是一条流浪狗，正用舌头舔他嘴边的饽饽渣……

他很生气，自己不仅被人欺负，连狗也欺负他，当即把流浪狗赶跑。随后他却想到，这条狗也是饿坏了，才来舔他的嘴，其实自己比流浪狗也强不了多少，早知道就剩点饽饽给它。我想给作者再补充几句：以后这条狗就跟着李清泉到处走街串巷收破烂，成了他的好伙伴，这让他觉得轻松愉快了很多。后来他越做越大，渐渐发展到一个集装箱一个集装箱地大规模处理废旧电缆、电线和各种金属垃圾，最终创建了没有污染的“再生资源公司”。直到他去世后，那条狗还整天守护着他的“青铜雕像”。小说可以有闲笔，增加情趣和意蕴。

《青铜雕像》格调沉郁，文思饱满有力，读罢难抑苍凉之慨。李清泉这个人物不同于以前文学作品中的诸多农民企业家形象，有着完全不同的心性和智慧。从买卖废铜起家，最后为他立了一尊“青铜雕像”。

天津市总工会邀我为这套“十人书”作序。读罢书稿，神思感奋，似能与作者心源相接。于是不避妄言多失，写下读后心得。聊以应命。

作者系中国作家协会原副主席、
天津市作家协会原主席
2024年4月

目 录

第一章

中秋之夜，难得的团聚。一个电话搅了局。

下基层服务组临时通知，晚上九点集合。

挂在老妈消瘦的脸上的微笑顿时云遮月般消失了。老妈站在院子里，嘟嘟囔囔，望着月亮出神，嘴角微垂。没等我说话，老妈将胳膊指向院子的外面，一百个不满意。好在有妻子郝丽和儿子陈小进留下，老妈并没有多说什么。

车灯的光柱雪亮，与家家户户柔和的灯光反差强烈，黏稠的夜顿时有了声响，从村口传出老远。

我赶到公司，急急忙忙推开会议室的门，长条形的会议桌前坐满了人，全组的人都赶了回来。我坐在老梁的左侧，心想：这恐怕出大事了。

组长老梁环顾了一下四周，轻声地说："同志们，辛苦了。咱们这个工作组人员都是临时抽调的，个个能力强、作风硬，我们要将身子扑下去，踏踏实实为基层做点实事。今天召开紧急会议主要是因为我们要去送服务的清塘供电公司所辖的清塘区莲花镇小刘庄的刘少英给服务组来了一封信。”顿时，大家交头接耳：人还没去呢，反映情况的信就到了，恐怕这里面有蹊跷。也有人窃窃私语：“有必要这么兴师动众嘛。”老梁接着说：“我看这是一个老问题，恐怕不是一时半会儿能够解决的。我们先向清塘供电公司反馈。陈进，你是副组长，这件事就由你办理吧。”我心一颤，这可是难啃的硬骨头，不由得心里发怵。

直到散会，我都在嘀咕，我这是摊上大事了。

人走光了，老梁将信递给我，说内容暂时不在组内通报，潦草看看吧。我把信揣进兜里，感觉自己一头雾水。

清塘区莲花镇小刘庄刘少英，真是山不转水转，她可不是一般的女人。

圆盘般的月亮挂在空中，夜色渐浓，大街上少有行人，想必都在屋子里享受团圆。街道两旁硕大的梧桐树遮天蔽日，肥硕的叶片在清风里翻转着身子。心里有事，走得就慢。

刘少英我是认识的，那还是我在乡镇工作时的事了，一晃也有十多年了。

第二天太阳刚露头，我就到了清塘供电公司，在楼道里正好碰见办公室主任王江。王江一副日理万机的样子，边和我上楼边说：“听说，刘少英的信访件已经到了工作组，其实，这件事已经有两年了，老钉子了，你说拆迁的事，不找拆迁办，找供电公司，这算啥事呀。”农村人把经常上访的人叫“老钉子”。看来，清塘供电公司已经得到消息了。

会议室里，领导班子成员都到齐了。看来对工作组下基层的工作，他们很重视。我刚迈进门，他们齐刷刷地站起来。“陈进书记，辛苦了，中秋假期也不得休息。”一把手林总伸出手，我握住手的时候感觉那双手很厚实，没有摸到骨头。“你们才辛苦，基层不容易啊。虽然中秋节过了，但还是祝大家节日快乐吧。”不知是谁说了一句：“痛并快乐吧。”大家不约而同地笑了。我并不急着了解刘少英信访的事。我开口说：“我还是想先到莲花镇看看。”在座的人齐刷刷地将目光聚焦到我身上，他们也许是想听听工作组的声音，也许是想知道工作组对这个信访件的看法。

我还不是十分清楚事情的来龙去脉，又怎么能表态呢。我赶忙补充说：“这次是工作组服务基层，帮助基层解决实际问题，工作组后天进驻，坐班工作，我是先来报到的。”我将脸上的笑容尽量夸张地停留长一点。林总站起身，好像有想法，因为他站起来的速度不寻常，屁股缓慢地从椅子上抬起来。“那也好，就让贾总陪您去吧。”我说：“不用了，你们都忙，就让王江主任和我去吧。”其实，我想自己去，但是怕他们有想法，就随口说了王江。“也好，我们积极配合工作。王江，王江。”林总嗓音洪亮。“这次下基层送服务，不能给基层添麻烦，你们正常开展工作，必要时，我们一同商议一些事情。”我再次强调是怕他们把上级的工作部署理解歪了。其实，这次省公司组织工作组下基层是有原因的，随着电力体制改革的不断深化，在电网建设、营销服务等方面，基层供电公司在执行的过程中十分顺畅。但是随着与地方乡镇政府的配合和合作越来越重要，省公司与各县政府都签订了框架合作协议，推动落地是关键，为了推进政企合作，目前以工作组的形式来助推落地，解决一批确实存在的问题，将工作一查到底，为基层分忧。

王江进屋时，林总交代了又交代。

我下楼的时候，听见他们在议论："这个刘少英从哪里得到的消息，连工作组要进驻的消息都知道，一定有内鬼。这本就是没有答案的事情嘛。"

电梯下行，我瞧着厢梯镜子里的自己，心想：我何尝不想抓紧查出结果呢。但这不是一般的信访件，活动安排发布在内部网页上，刘少英远在农村，信是直接寄给工作组组长的。这件事不是那么简单的，我真的是从内心想知道这个信访件背后的故事。

还乡河静卧了几十年，河水清澈，流水潺潺，据说是上游大运河的一条分支，岸上花团锦簇，高矮不一的植被错落有致，深绿色的叶子居多。阳光洒在河面上，金光闪闪，微波荡漾；阳光洒在树叶上，透过斑驳的光，将地面的落叶照得也是闪闪亮。

小刘庄就在还乡河的岸边。

王江双手提着两个塑料袋，一个袋子里装着单独包装的月饼，另一个袋子里装着十个红彤彤的苹果。苹果上还有字：中秋快乐。这四个字是淡黄色的，那是果农为了促销产品，提前把字贴在青色的苹果上，贴字的地方不见光，成熟了，撕掉那张纸，字就留在苹果皮上，字迹清晰，非常抢眼。王江办事用心。虽然我的那张百元钞票最终没有放到王江的手上，但是我心里合计，这两样东西是我个人行为，我是不会让别人为我垫付的。

月饼和苹果是我和刘少英的念想。

王江胖墩墩的，裹着白衬衣的肚子像怀孕五六个月大的，额头汗津津的，脚步紧随着我。王江主任是老主任了，善于察言观色，也善于协调沟通，与县里各部门的关系很密切，领导交办的任务都能漂漂亮亮地完成，在省公司也是小有名气的。但他并不知道我在想啥。

见到刘少英，也就见到了她家的羊圈。

她说话快言快语，走路两脚生风，黑红的脸膛，高颧骨，小眼睛，不薄不厚的嘴唇，头上裹着大红的头巾，看上去淳朴又憨厚，掉在女人堆里，谁也找不出来。但她有着普通妇女没有的思想。

当时，她是莲花镇的名人，敢干敢做，不光是镇里最早的奶羊养殖户，也是最早通过养殖发家致富的人。丈夫李玉林是知青。和刘少英结婚后，起初，李玉林要带着她进城，刘少英不知道是施了魔法还是给李玉林吃了迷魂药，最终，李玉林是唯一没有返城的知青，就在学校做了民办教师，后来通过考试民转公了。

李玉林不习惯繁重的农活，多少有点身在曹营心在汉。留下来是需要勇气的，也许是为了爱情。

刘少英比李玉林大三岁。按照农村的说法，女大三，抱金砖。刘少英宠他，家里的农活他愿意干就干，不愿意干就待着，自己的丈夫端公家的饭碗，她刘少英高兴着呢。可刘少英自己却没黑没白地忙活，每天有干不完的活计。当初，李玉林是不支持刘少英养奶羊的，她不懂技术，家里又没有几个大钱。况且，羊圈就在窗户底下，臭气烘烘的，这是从小长在城市的李玉林最反感的。可刘少英就是认死理，咋就不行了？地里刨食要看老天的脸色，涝了，旱了，种庄稼就是赌运气。家里没钱就养三五只奶羊，一点一点地繁殖，精心侍弄，就像自己的孩子，一年一个样，慢慢就长大了。有时奶羊下崽，她就几夜不脱衣服看着，眼睛熬红了，也不说累。灌药、割草、打防疫针，样样做得来。不愿求人的刘少英，渐渐成了懂行的人。

李玉林就有一个爱好，喜欢画画。他有空闲，也是嫌弃家里臭气烘烘的，拿着画夹子就钻进芦苇荡去画画。刘少英也不拦着。有时饭做熟了，就叫李刚或李丽去找他回家吃饭。李玉林最喜欢画的是芦苇，因为门前就是湿地，到处是沟河，抬眼是水，低头还是水，芦苇荡里有很多鸟，这都是他写生的素材。这湿地是世界三大古海岸湿地之一，有国家一级鸟类20多种、二级鸟类50多种。李玉林尤喜东方白鹳，写生多以其为主，赤红的长腿，雪白的羽毛，翅膀的边缘是黑色的，打开翅膀好似一把巨伞。这种鸟性格宁静而机警，飞行或步行时举止缓慢，休息时常单足站立。李玉林知道鸟的珍贵，总是悄悄钻进芦苇荡里，偷偷观瞧，细细摹画，跃然纸上。当时本地也流传一种说法：东方白鹳是神鸟，是吉祥和平的象征。当地人几乎没有吃鸟的，即使在饥荒之年，也从不碰鸟。小刘庄三面环水，三面芦苇荡漾，历代主业打鱼、种地，搞养殖的不多。刘少英开了先河。

儿子李刚懂事，很小就帮着妈妈打扫羊圈的粪便，也不嫌弃骚臭味，他不随李玉林。姑娘李丽天生爱干净，大多数时候都是李丽去喊李玉林回家吃饭。刘少英要照顾老羊、大羊和羊羔，每天做饭就很晚，他们家是小刘庄最晚开饭的。有时也是因为李玉林晚归。李玉林不回家，刘少英是不开饭的。日子就这样过，刘少英每天就像上了发条的时钟，很少有闲下来的时候。李玉林也是没有闲着的时候，日子淡不拉儿，说不上滋味。

寒来暑往，刘少英的奶羊没有停止过繁殖。起初，也没有攒下多少钱，都搭在日子里了，柴米油盐和人情往来的开销。李玉林嘴上不反对，但骨子里还是认为刘少英是瞎胡闹。

转眼到了第三个年头，接近年关，刘少英卖了四十只羊，赶了大集，拉回来三大包羽绒服。那个年代，羽绒服可是农村极个别人才穿得起的，城里人也不见得都能穿得起。很多孩子还是穿着自家做的大棉袄，李刚和李丽穿着绸子料的羽绒服走在学校里，那可是精神，就连老师都改变了对他俩的态度。刘少英给村西头王大娘送了一件。王大娘独身一人，年轻时死了丈夫，自己独自拉扯着孩子。可天有不测风云，儿子18岁那年打鱼淹死了，和她丈夫死的是同一天，村子里的人就说她命硬，克夫丧子，也就没有提亲的，她自己一个人独居。王大娘没少吃刘少英的东西，也知道刘少英惦记着她，非亲非故的，就是个投缘，有时娘俩有说不完的话、唠不完的嗑。王大娘早已经把刘少英当成了亲人。她总是劝说刘少英，别把身体搞垮了，别成天像个陀螺，爬起来就是满眼的活儿，活儿永远也干不完，况且，李玉林还挣工资，日子苦，别把自己也整得苦巴巴的。刘少英只是淡淡地笑，那笑里藏着她的思想。

薄薄的羽绒服穿在身上，轻还暖和，比自己做的大棉袄还暖和。这真是没有花钱的不是。王大娘却舍不得穿，只有过年的时候才上身，怕平时弄埋汰了。

这件事在村子里，可是不小的新闻，大家农闲蹲墙根的时候，谈起最多的就是刘少英养奶羊发了财。

刘少英走在大街上，村子里有人碰面都要问上一句，养羊挣了多少钱。刘少英总是一头雾水，自己还真没有细算过。大家就问李玉林，李玉林总是笑笑说，一年下来比我上班挣得多。身为城里人的李玉林思想活泛，看着养奶羊真的挣到了钱，就主动帮着刘少英买药、送奶，有时也看些奶羊防病的图书。李玉林的转变让刘少英心里敞亮。

在她的世界里，李玉林的出现让她知道了外面很多新奇的东西，也让她在读书识字的过程中不断认识自己，弄明白自己到底想要什么，两个人的爱情就在庄稼慢慢生长的过程中也开始萌芽。李玉林刚进村的时候，就像秋后的向日葵秆，干干巴巴的，长胳膊长腿，走路晃晃荡荡。那时的刘少英认为这是她见到过的最瘦的男人。让她没有想到的是，李玉林竟然是这群知青里学问最大的。她也破天荒地每天晚上坐在生产队的破旧办公室里，听李玉林给大家讲历史故事，也就是在那段日子里，她学习到了很多没有听说过的知识。穆桂英挂帅、花木兰从军、樊梨花戍边、王昭君出塞这些故事让刘少英着迷，每天就像跟屁虫似的黏着李玉林。他让她懂得，女人也可以很厉害。一种说不上来的思想在她的内心扎根。

李玉林有一次感冒高烧，刘少英看护了三天三夜，偷来家里的鸡蛋和红糖给他吃。李玉林开始对大自己三岁的刘少英有了好感。也是由于李玉林的学识，生产队让他做了会计，脱离了繁重的劳作。也就是那时候，两个人慢慢走得更近了。最终的结合是全村人都不看好的，冷嘲热讽，鸡一嘴鸭一嘴。好强的刘少英横下一条心，她想证明给大家看他们的爱情是甜的，这也是这么多年她努力生活的一个信念，她自己知道，李玉林好像不是很清楚。

羊多了，院子不够大，刘少英就把村子外面的树林子承包下来，承包期三十年，建起了六排的大羊圈。又买了二百只小羊羔，羊吃树林子里的草，刘少英也不用成天去割草了，但是每天照常忙忙碌碌。

日子开始红火起来。李玉林没事就往树林里跑，说是放羊，其实他总是偷偷往芦苇荡里钻。一天，他发现了一块湿地，水鸟并不多，只剩下孤零零的几只。突然，他听见一声奇怪的鸟叫声，像婴儿的啼哭声，叫声从远处芦苇荡传来，淅淅沥沥，像断线的珍珠滚落。李玉林将半个身子蹲在水里，两只胳膊扒拉着水草，将笔直的芦苇拨拉得七斜八歪的，走近前，那只大鸟突然伸长脖子，张开的喙倾斜着呈“V”形，叫声急促。原来是一截钢丝把它的腿和水草缠在一起，水面泛着红色的浑浊。他连滚带爬，急忙将大鸟抱到一堆干枯的芦苇叶上，往外划水，到了岸上，一向斯文的他，浑身泥水，立刻跑回家把给羊消毒的红药水翻找出来，急匆匆奔回芦苇荡。风吹得芦苇哗哗作响，像是一首节奏繁杂的乐曲，好像只有李玉林听得懂。因为，他是这个村子里最有文化的人，也许是全镇喝墨水最多的人。那天，刘少英找了一夜，钻了一夜的芦苇荡，心力交瘁的她猜测不会凫水的李玉林是不是淹死了。

太阳刚刚露头，薄雾像一条裙带飘浮在村子周围，李玉林两眼通红，跌跌撞撞，瘫坐在树林子里的羊圈旁，靠着半人高的土墙睡着了。梦里，那只大鸟载着他飞向湛蓝的天空。这件事，很快传得沸沸扬扬，说李玉林上辈子就是一只大鸟。李玉林说那是一只白尾鹞。众人说那鸟多在山区。都说李玉林不认识鸟。刘少英可不管这些，啥鸟呀人呀的，人活着就好。

虽说养羊是硬道理。李玉林管不管放羊，随他去吧。

村里人谣传刘少英也是一只白尾鹞，一个城里人竟然会喜欢一个农村黑不拉几的土姑娘，他俩不是一般的人。村里人爱嚼舌根子。

谣传归谣传，刘少英并不理会，她的事情就是养羊。

农村就是这样，今年有人种棉花挣钱了，明年大家就都种棉花。这阵子看着下芦苇篓子捉鱼挣钱了，就都买芦苇篓子，湿地大，鱼多，捉到的鱼却有多有少。

看着刘少英养羊挣大钱了，村里人一窝蜂地建羊圈，一夜之间，十多户建起了羊圈，刘少英家人来人往，带水果的，提花生篓的，拿新蒸的大馒头的，都是来取经的。刘少英古道热肠，挨家挨户地教授，打针吃药，发放疫苗，最关键的是挤羊奶，有的人笨手笨脚，把羊奶子都揉肿了就是不出奶。刘少英就手把手地教，先用手揉一下胀满奶的羊奶子，然后由上至下，三快三慢，手不要太用力，奶水就会哗哗地随着手的节奏，落到桶里。这期间搭时间、搭精力、搭药品、搭技术，刘少英不知疲倦，三更半夜、刮风下雨、顶风冒雪，都毫无怨言。

头脑活泛的李玉林让刘少英收费，传授技术交学费理所应当，这也是一项不少的收入。就在李玉林为自己的点子沾沾自喜时，刘少英把他骂得狗血喷头："钻钱眼儿里了，就认钱，钱通人气吗？乡里乡亲的，提钱不是太见外了，那还不让人戳脊梁骨呀。"李玉林见说不得，也就不再理会，扭头画自己的画去了。村子里，不只是奶羊养殖户，凡是谁家钱不富裕了，都能从刘少英家借到钱，而且一再地声明不着急还。

李玉林说刘少英与时代不接轨，刘少英也不与他争辩，爱咋办还咋办。

来到小刘庄的村头，我让王江主任等着，我想自己一个人走走，看看曾经熟悉的村庄，而眼前的景象已经物是人非。远远望去满眼的凄凉，到处是残垣断壁，拆迁还没有正式开工，人都已经搬走了，到处是破砖头，还有半截的檩木、残缺的窗户，甚至是破碎的饭碗，一种悲凉油然而生，刘少英这个红极一时的先进人物，咋就成了信访户和钉子户了？内心的痛和不解源于和刘少英那么多年的交情和对她的那种深沉的敬仰。我能想象这些人搬走时的心情，年轻人恨不得高楼马上就建设好，没有楼房可不好找对象呀。男人们铁青着脸拆窗户拆门，妇女们肆无忌惮地坐在地上，扯开嗓门干号，不是舍不得搬家，是自己生活了几十年的家说没就没了，再想回来是不可能了，因为这里不再是自己的家了。现在的老百姓思想觉悟高了，政府号召的事，大多数人是积极响应的，关键是能住上宽敞明亮的楼房，也有个别的人打着这样那样的"如意算盘"提出自己的非合理诉求。没有想到刘少英就成了让大家都怵头的人。

出于职业习惯，我放眼望去，村子里的低压电线杆子依然插在原来的位置，从电线杆的走向能够分辨出原来街道的痕迹。眼前一片混乱，早看不出原来的轮廓了。这个村子原来有一百多户，四百多口人，三条街道就像平行线并排着。只是中间的是老街道，比其他两条街道要高出一米左右，过去叫台子，湿地周围总共有十八个台子，把湿地圈在里面，就像一个大元宝。过去常年发大水，住户就往高处搬，形成了最早的村庄。老街道是村委会所在地，三棵槐树遮天蔽日，占据了半个街道，成为小刘庄的地标。

我和刘少英第一次就是在老槐树下见的面。她头上的红色头巾很抢眼，干练、淳朴是她给我留下的第一印象。

"陈进同志，可把你盼来了，这几年，我自己瞎折腾、瞎琢磨，你是上面派来的专家，这下可好了，大家可有主心骨了。"

刘少英心直口快。

“刘大姐，我是来学习的，您是咱们乡镇的典型，您可不要保留经验。”我那时刚毕业，被分配到莲花镇企业负责奶羊养殖的工作。

“你是大学生，知识厚，眼界比我们阔，你就别谦虚了。”

“大姐，我学的是电力系统及自动化，专业不对，我真的是来学习的。”我其实就是想学习学习，顺便做些调查，镇里想全面推广奶羊养殖，让我摸摸情况。

“咱去我家，今天是中秋节，大姐知道你来，还给你留着月饼呢。”我本想先去羊圈看看，刘少英的热情不好拒绝，只好听她的安排了，好在要在小刘庄住几天。

三间青砖的房子，院落的地面打扫得干干净净，屋子收拾得干净利索，刘少英从堂屋木梁上拴着的草筐子里摸出两块月饼，麻利地递到我的面前。她的那双大手黑亮亮的，手背长着像鱼鳞一样的东西。我没有接过来，从随身携带的书包里拿出六块月饼，那是我从家里带来的，第一次见面正赶上中秋节，没啥买的，给两个孩子带了月饼。刘少英看看，爽朗地笑了。

她说：“你说，咱俩想到一块儿了，看来这月饼就是咱的缘分。你的有包装，肯定比我的好吃。”她忙将月饼重新放回草筐子里，我顺手将六块月饼丢了进去。

“这是给李刚和李丽带的。”来小刘庄之前，我找村长详细了解了刘少英家里的情况，包括孩子的学习成绩，甚至他们的夫妻关系。

“你这孩子挺细心。我收下了。”刘少英干瘪的脸上挂着微笑。

我急着去羊圈，催促着她。

刘少英说：“行，咱这就去，你呀，是个上进的年轻人。”说者无意，听者有心，我的心里美美的。

我黏着刘少英，每天两点一线，往返她的家和她的羊圈。来时我查阅了十多本关于奶羊养殖的书，实际上，书中有些描述是废话，根本用不上，或者说缺少实操的指导。从每一个细节上，我渐渐感受到刘少英已经是一名专家了，这就像大家说的，土专家更管用。我足足记了三大本子，一时半会儿消化不了，回去再结合书本的理论想试着弄出一本关于奶羊养殖和疾病防治的指南，也算是对基层调研有个交代。

最后一夜，我和李玉林并排躺在西屋的土炕上。夜色安静，窗外还是能传进来残留的羊粪便的气味。李玉林说：“没有个几年，这种气味是很难消除的。”

“李大哥，你就没想着回城吗？”我不知道为啥问了这么一句。

“哎，一切都是命运吧，家在哪儿，心就在哪儿。”李玉林翻过身瞧着我。我说：“刘少英大姐成天地忙，是难得的女强人，你没有压力呀。”

“还好吧，有事我也帮帮忙，没事我就钻芦苇荡，画画才是我的最爱。”可以看出，刘少英的生活，李玉林并不干涉，两个人都沿着自己喜好的轨迹走在路上。“我可有压力了，名义上我是奶羊的技术指导，我懂得太少了，不及大姐的九牛一毛。回去可要充电了，也会常来麻烦你们。”我感到了压力。“你们来，大家都高兴着呢，没事，多来。”李玉林翻回身有了困意，我也不再言语。一轮弯月挂在夜空，笑着眨眼睛，猜着我的心事。

阳光刺了一下我的眼睛，我从回忆中回过神来，不再回想过去。远远的一座孤零零的宅院就是刘少英的家，那屋脊和青砖是我熟悉的。刺眼的还有围墙上几个大红油漆胡乱涂写的大大的“拆”字，让人看了头晕。脚下到处是碎砖头，只好挑着地落脚，我心里有些急，想看一看刘少英现在的模样。不知什么时候，王江主任跟在我的后面，提着两袋东西左摇右摆。费了九牛二虎之力来到了既熟悉又陌生的刘少英的家，原本涂着绿油漆的大铁门早已锈迹斑斑，在门锁的地方竟然锈出了一个窟窿，墙头上的草可能是因为没有雨水的浇灌，无精打采的样子。大门是从里面插着的，推了几下推不开。铁锈粘在手掌上，散发出独特的气味，那是锈铁的气味，而不是刘少英的气味。我不知所措，日子长了，变化就大了，也许刘少英也不例外。

“刘少英，刘少英在家吗?”王江主任扯开嗓门吼叫着，肥嘟嘟的脸上淌着汗水，好像是从皮肤里渗出的油脂。我挥了一下手，他往后退了几步，不再言语。此刻，我最相信的是自己的眼睛，我不想让任何人打扰我与刘少英的再次相遇。

从门缝往里瞧，院子里堆着乱七八糟的东西，旧檩条、铁丝网以及裸露着胸膛的灰不拉几的旧砖，那些好像是从废墟中捡回来的，满院子拥挤得没有下脚的地方，完全没有原来的干净和平静。拥挤的杂物顿时堵住了我的心口，连这个院落也变了，变得面目全非。

“刘大姐，刘少英大姐，在家吗?”我不知道她还能不能听出我的声音。

“我是陈进，镇里搞奶山羊的陈进。”我补充道，心里嘀咕她肯定听不出我的声音了，原来的声音不是这么厚实的。王江放下东西，可能是站的时间长了，手被塑料袋勒出了一道红印。

风扬起灰尘，远处废墟上还有拾荒的人在忙碌，离得远，分不清是男是女，我在想刘少英是不是也在其中。

没有回音，我就站在那里，像个任性的孩子。我脑子里猜测着刘少英的模样。

当我和王江主任彻底绝望的时候，听见院子里有了声响。我忙将脸贴到大门上，眼睛眯成一条缝望进去，原来院子东边的围墙已经拆了，树木棍子交叉在一起，一旁是一些废砖堆起的一米多高的临时围墙。头上戴着红头巾的农妇手里拽着一个大大的尼龙袋，好像很沉的样子，从树杈间钻进来，尼龙袋卡在那里，动弹不得。

“刘大姐，我是陈进。”我连着叫了三声，那个人转头的瞬间，我的心碎了。她老了，身子瘦小，蓝色的上衣肥大，浑身是土，脸也蒙上了一层灰尘，眼睛更小了，高高的颧骨突兀着，瘦得没有了人形。她踉踉跄跄地朝着声音的方向，奔向大门。

“陈进，陈进，是陈进吗?”老人声音不大，但我听得真真切切。当大门打开时，我们彼此愣了足足有三分钟。闪动的眼神里是牵挂，更是问候。

“真的是小陈，不，不，你现在当啥官了?”刘少英说话还是讲究分寸，和当妇女主任时一样，做事讲话有分寸，这是不同于一般农家妇女的。

“大姐，我就是小陈呀。”她干瘪的手掐住我的胳膊不停地晃荡，不住地端详着我。她说：“头发稀疏了，哪还是当年的小陈喽。”我的心沉了一下，自己曾经是多么地崇拜眼前的这个人。岁月催人老。这就是生活的磨砺和摧残，也是生活烙印下的真实痕迹。眼角的皱纹堆积成河流冲刷后的网状痕迹，细微而烦琐，将眼睛挤成一条缝，每个缝隙里都灌满了灰尘，好像是一种状态的显现，没有隐瞒，完全地暴露，让我惊讶。

“进屋，外面风大。”说完，她用满是灰尘的大手划拉一下眼睛，顿时手背湿了一片。我也无法控制住自己，扭过头，快速地抹了一把泪。泪水是喜悦，也是激动，更多的是对她的变化感到诧异，这真的是刘少英吗?

屋子里迎面的墙壁上全都贴满了她的奖状，从木柜子一直到屋顶足有一米多高，密密麻麻，有的显得有些陈旧，但没有一丝的灰尘，亮亮堂堂。三八红旗手、创业致富先进个人、五一劳动奖章、劳动模范，这些奖状、奖章把整个屋子映衬得红红的，好像是陈列馆。北墙上是各种各样的合影照片，细细看，级别越高，挂在墙上的位置也越高。

刚坐下，刘少英就攥住了我的手，依然激动地说：“都快二十年了吧，你在莲花镇就提职了吧，后来就不知道你去了哪里。”显然刘少英是关心我的。

“那年李刚死了，我满世界地找你，就是打听不到你的消息，要是你在……”我不知道李刚死了，也猜不透她说的，我在就能怎样的意思。我隐隐地觉得，她把我当成了她的主心骨。一股酸楚涌上心头。白发人送黑发人，这也许是她苦度岁月的辛酸吧。李刚不在了，难以想象。

我默默地将王江手中的月饼放到炕上。

“大姐，我给你带来了我俩的念想。”我拆开包装，掰了一小块月饼送到她的嘴里，她咧了一下嘴，细细地嚼起来，干瘪的两腮慢慢蠕动，像细品精致、贵重的东西，舍不得马上吞咽了。

“五仁的，真香，怪甜的。”看到她脸上挂了笑容，我的心情也好多了，不像刚才，心里压了一块石头。哪怕那笑容是短暂的，也足以安慰我自己。

屋子里的摆设和原来一样，只是那台黑白的小电视换成了大的，绛紫色的家具黑魆魆的，宽宽的条凳泛着油光，那是好物件，现在已经很难见到了，我知道那是硬枣木的。地面铺了地板砖，泛着青色的冷光，与我们的相逢极不相称。

在我环视屋子的时候，刘少英好像被蝎子蜇了一样，尖叫道：“你怎么来了？我家不欢迎你。”刘少英瞪着双眼，像两条火舌，王江下意识地退了两步，那双眼睛又好像闪着狼眼里射出的绿光，是那样的瘆人。我惊在那，不知所以。

“陈组长，我先出去了。”王江主任尴尬地、匆匆地往外走。

我不知道王江和刘少英之间发生过什么，初步判断不是一般的“敌视”，可能上升到了“仇恨”的地步。我愣在那，不知道该怎么办。

“你现在到电力公司上班了吗?”她用一种质问的语气问我。

“大姐，我在莲花镇提职一年就调走了，走时匆忙没来得及和您打招呼。现在在省城电力公司一个部门负责党建工作。”我赶紧解释。我忽然发现她的眼睛里好像多了一道防线。原来的慈祥瞬间变得冷漠，让我心里直打鼓。

“你是拆迁办派来的？还是和他们是一伙的?”刘少英马上敏感起来，好像没有了旧情，冷漠全写进眼里。

“刘大姐，我从省城来，是下基层送服务调研，抽空专程来看你的，听说小刘庄拆迁了，怕找不到你，就让王江主任和我一起来了。”场面尴尬，风云突起，说变脸就变脸，以前的刘少英不是这样的。听我说完，刘少英又坐回我的身旁。

她稍微平和地说:“你和他们是熟络的，他们说我是拆迁钉子户，我刘少英是那样的人吗？李刚活着的时候就应当给一套楼房，他没了，可是我们的地基还在呀。”说着说着，刘少英落泪了，浑浊的泪水顺着脸颊流淌，一直流到她的嘴里。我想那定是苦的。我不知所措。

“陈进，你在电力系统工作，我的儿子就是在电力施工时‘走’的，你说我是该找政府还是电力部门？我都找了，没人给我答复，你可要帮帮我。”我一时没有搞清楚其中的关系，索性不再插嘴。

那封信，我是看了的，大体意思是她拆迁要楼房，让供电公司出具个证明，也没说清楚具体的事项。我当初还想，领导知道我在部门负责党建和信访工作，这差事就交给我了吧。

她说带我去看看李刚，我知道那是去李刚的坟前或者是骨灰寄存的地方。看看也好，把事情弄明白，自己心里有数。

刘少英还是没有从正门走，依旧钻树杈搭成的围墙，我也只好跟在后面，王江早已经跑得无影无踪了。我猜测，两个人就这件事已经交锋无数次了。难怪刘少英见了王江那么激动。

槐树的树枝挂住了我的衣角，我本能地往后退了几步，衣角依旧没有脱离树枝的纠缠，我用力拽了一下，谁知衣服被撕开了一条口子。我没有理会，继续和刘少英保持着同样的速度，生怕她怀疑我的实诚。我们就像小狗一样钻出去。伸直腰，眼前就是杂草丛，里面站立着的是干枯的玉米秸秆，失去了绿色和水分的玉米秸秆在风中摩擦出的声音很刺耳，没有合音。透过玉米秸秆的缝隙能够看见一座坟静静地躺在那里，那是一个大土包，李刚就在里面吧。他不知道，他肯定不知道，刘少英一直陪伴着他，怕他孤独，也在为他争取一套楼房，明知道，他已经无法住进去了。

“这是李刚的宅基地，钱没了，人也没了，就没有盖上房，他们说没有地上物就不能评估，就不给分房。我儿子在这儿不给就不行，况且，儿媳妇和孙子还在呀。”刘少英振振有词，真的把我当成了拆迁办的人了。那块没有盖房子的宅基地和刘少英的房子紧挨着。她就把儿子埋在了自家的宅基地上，那是怎样的不舍呀！我流下了泪水，我不知道是流给当年被评为劳模的她，还是现在的刘少英的，或者说是给李刚的。

李刚是个懂事的孩子，整个村子里的人都知道，他是刘少英的助手，而李玉林不是。

宅基地上没有建筑物，不好评估，也许是没有得到楼房补偿的原因吧。

突然想起李玉林，我轻声地问了一句："姐夫李玉林干啥去了？"

"他住在城里，开了一个画廊，他退休了，儿媳妇开了一间超市，孙子上学了。"刘少英讲得很平和。我这才知道，她是一个人住在这里，或者说是一个人住着整个村子。白天捡破烂，夜晚就她一个人守着孤坟，那种无法名状的悲哀喷涌而出，这是一种什么样的生活状态。泪水，滴落在李刚的坟前。

就是因为儿子的死，她颓废了吗？我不得而知。

风起瑟瑟，干枯的玉米叶子被刮得沙沙响，搅得人心烦。我默默地低下头，算是对逝者的默哀。

对于李刚，我是熟悉的。我住到他家时，他已经上学，每天斜挎着布书包，一跑一颠，书包就随着惯性拍打他的屁股，啪啪响。他扔下书包就钻进羊圈。

记不清是第几次住进他家，但记得那天大雨，刘少英和李玉林去了羊圈，两个孩子上学没有回来。天昏黄，东南风起，大雨滂沱。老话说，东南风雨浇倒墙，西北阵雨过后晴。鬼天气恐怕要连夜了。天彻底黑了，昏黄的灯下，我饿得前胸贴后背，冷锅冷灶，找了一圈也没有吃的东西。忽然抬头看见房梁上挂着的篮子，踮脚摘下来，掀开已经泛黄的一块白布，里面是两个黑乎乎的高粱饼子。我三下五除二就把饼子吞了下去，又灌了半瓢凉水，靠在墙脚想心事。

一阵大风将外屋的房门吹开，我刚想关门，李刚和李丽浑身湿透了进屋，打着哆嗦，脱了衣服，每个人裹着被单子，趴在炕上写作业。李丽突然嚷着要吃饼子，李刚说："等娘回来再吃。"我当时不知道，下雨天不提前把柴火备好，做饭就没有干柴火烧，那只能饿一顿。

刘少英和李玉林比落汤鸡还惨，跑进屋，站的地方立马湿了一大片，雨水顺着裤脚淌。

"小陈，饿坏了吧，今天没办法生火了，不过有两个凉饼子，今晚咱们就凑合了。"刘少英说完，看见灶台上的篮子，她顿时火冒三丈，大声斥责道："李刚，你是饿鬼转世呀，偷吃了饼子，你陈叔叔吃啥?"她疯了似的，冲进里屋，将李刚拽到了外屋，还没等李刚反应过来，一脚把他踹到了屋外的大雨中。任凭李刚怎么解释，她就是不给开门。我吓得不敢言语，没有勇气承认，饼子是自己吃了。李玉林钻进西屋，也不言语。

那晚，李刚发烧，说胡话。

那晚，刘少英将仅有的两个鸡蛋用凉水冲开，让我喝。因为家里实在没有吃的了。

我没有喝。

深夜，我和李刚睡东屋。摸着额头发烫的李刚，我将那碗鸡蛋水喂给他，他迷迷糊糊地说“陈叔真好”。直到天亮我都没有合眼。对不起，替我挨罚的李刚。

第二天早晨，刘少英早早出门了，说是去别人家借点干柴火，生火做饭。这件糗事我从没和任何人说起。

如今，站在李刚的坟前，惭愧难当，想和他说说话。

刘少英站起身，缓缓地说：“回屋吧，我给你做你爱吃的疙瘩汤。”

我忙扶起她，轻声地说：“大姐，不吃了，我还要返回县城，自己不要太苦了自己，搬到姐夫那住吧。”

她抬起头迎着我的眼睛说：“陈进，大姐的事你不能不管，不是大姐胡搅蛮缠，就是想给儿子要套楼房。”

“能帮我一定帮，大姐，放心。”我说得斩钉截铁，心里却没有底。

走出很远，回头望去，刘少英站在最高的废墟堆上还在挥手，看着让人心酸，风稍微大一些就能将她刮走。

第二天，我早早敲开贾总办公室的门，我们是事先约好的。我和贾玉华多年之前就相识，是无话不说的哥们，他在清塘供电公司分管营销工作，我也曾经在省公司的营销部门干过。况且，我在莲花镇当副职的时候，他也是副职，彼此熟络，说话没有客套。

“你见到刘少英了。”他语气调皮，手里摆弄着打火机。

“昨天去的，咋了，那天在会议室说去，你也在场，打闷雷呀。”我知道，他知道的故事比我多。

“我的陈副组长，这可不是一般的硬骨头，就连县里一把手都亲自上阵了，结果呢？刚拆迁时，镇里县里一百多人轮番上阵，全都无功而返。莲花镇的党委书记黄强你是认得的，是你的同班同学吧。为这事没少挨批。”贾玉华起身给我倒了一杯清茶，虽然入秋了，我喜欢清茶，他是知道的，他自己也倒了一杯。我知道他是陪着我，他是不喝茶的。他随手点燃香烟，烟雾弥漫了整个屋子。

“刘少英说，他的儿子李刚是电力人，他的死咋和电力扯上瓜葛了？”我的疑问很多。

“我知道你要打破砂锅问到底。我也知道，这些情况你是不会当面问刘少英的。”贾玉华是那种不拐弯抹角的人，他要拐起弯来，一般人还对付不了。

我笑笑，低头品茶。

淡淡的清香绕齿留喉，清茶不错。窗户外面是嘈杂的街道，屋内安静，我没等贾玉华开口，一下子陷入了沉思。

刘少英富了，刘少英出名了。当时村委会班子成员始终没有妇女主任，那时的小刘庄土薄地少，村委会没有钱，哪有人愿意干呀。刘少英那时到处作报告，她的发言材料都是我帮着写的，刘少英认识的字不多，但发言材料的字还是认得的。那时，我三天两头往她家里跑，就连李玉林都有些吃醋了。说心里话，刘少英在我心目中是伟大的，确实有过从心里喜欢她的萌动。我觉得她是和平年代的英雄，也是因为她，后来莲花镇出名了，我也很快提职了。那时镇党委决定任命刘少英同志为妇女主任，就是在小刘庄大槐树下宣布的，全村人都同意。

当天，老老少少将大槐树围了个水泄不通，大家也是提前知道了消息。宣布完后，掌声雷鸣。刘少英没有推托，嘴上始终挂着一句话：大家一起致富。而后正赶上乡镇经济发展的快速期，全国上下乡镇企业如雨后春笋，蓬勃发展。莲花镇大办乡镇企业，建粉条厂、屠宰场、捕鱼队，刘少英一下子将小刘庄搞壮大了。村长、支部书记跟着她走过大半个中国跑项目。最后在筹建冶炼厂上出现了分歧，大多数人说，目前小刘庄维持现状就好，各个厂子都有利润，冶炼厂投资大、风险高，万一赔了就又回到了解放前。刘少英当时是红了眼地想大干一场。她说邻近的县村村搞冶炼，肥得流油，这是个机会。当时，荣誉、掌声、赞美成天萦绕着她。她心里有自己的小算盘，政府给了自己这么高的荣誉不往前冲，那怎么能行。别的乡镇也在大刀阔斧抓经济，我们不能守着现在的家业不扩大吧。

那时，我已经主管农业工作。我也拿不准经济发展这么快会不会有后遗症的问题。就在我调离的时候，小刘庄冶炼厂动工了，刘少英拿出了自己家里的存款，那时相当于莲花镇全年产值的四分之一，这着实让刘少英又火了一把。谁也没有料到刘少英有那么多钱。为这事，李玉林开始不再回家了，就住在学校，他根本不知道家里有那么多的钱，刘少英从来没有和他交过底。这让他的自尊心受了挫伤。只是见人就说，刘少英疯了。没有人怀疑刘少英的真诚和对集体的付出。但那时，家家户户都翻盖了新房，她家始终没有翻新房子，就连儿子李刚结婚也没有盖一所新房，就住在依然骚臭的老宅，紧挨着老宅的地基计划是给儿子盖房的。她把钱都存着，村里人摸不透刘少英的心思，留着那么多钱不盖房，全投入集体的冶炼厂，而且厂子亏损了由她自己承担，还写了军令状。李玉林始终琢磨着刘少英是不是为了将来农转干，在镇里谋个职业，想成为国家干部，当时这种情况不是没有。反正，李玉林见人就说，刘少英是个疯子。

恰在那个时候，当时的供电局缺少大学生，开始社会招聘专业对口的人员，吸引人眼球的条件是给安排一套平房。在电力一线工作了半辈子的老爸给我报了名。用他的话说，这不仅解决了我婚房的问题，还给家里解决了半辈子也攒不出来的房钱。听话是父母的骄傲。我稀里糊涂地转行进了电力系统，成了“电二代”，只是我的职务没有了。

这些事我是都清楚的，我急迫地想从贾玉华的口中知道之后发生的故事。

冶炼厂投产没多久，钢铁市场出现状况，干一天赔一天。刘少英硬是咬着牙坚持了二十多天后，还是停产了。这给她的打击不小，天天往镇里、县里甚至省城跑，嘴上的火疱一层层的，家里的奶羊全部交给了儿子李刚，根本无暇顾及。再怎么跑也无回天之力。大型钢厂都在减产。她不得已先放下冶炼厂，尽量让其他的企业多捞些利润，弥补冶炼厂的亏空。

偏偏在她最困难的时候，发生了一件大事。

李刚死了。

当时，农村“两改一同价”政策的全面实施，对用工有了新调整，大部分农村电工通过考试，进了供电局的大门，成为挣工资的农电工。农村电网升级改造，原来抄表到村的变压器，这回要抄表到户，将农村用电管理一竿子插到底了。刘少英托人让李刚参加了电工培训班，并当上了村电工。他已经干了三年了，装表接电、立杆架线的活计都干得棒棒的，没有费劲就考进了供电局。就在李刚张罗着要盖新房的时候，农村电网改造在全县全面铺开，电业所的人没黑没白地忙活，从春天到秋天整整忙活了三个季度。

那是初冬的早晨，天阴沉沉的，阴冷的寒风让人还不太适应。野外干活越发干冷。

为了挣钱，利用周休，李刚和几个同事偷偷给外包的施工队干活。偏偏凑巧，就在立电杆、放线的时候，负责拽线的吊车师傅走神了，电线卡在滑轮里，吊车师傅没有看见地面的指挥信号，不断地将吊车臂用力拉，突然电杆被拽倒，电杆上的李刚再也没有站起来。这顿时炸街了。李刚是刘少英的儿子，刘少英是公众人物，这事可大了。在这个事件上，本应是外包施工队内部的事情，因为工程是一个企业内部工程，不是供电局所属的工程，自然没有供电局的责任。

主体责任虽然是外雇的吊车师傅，但是现场管理的问题，现场负责人、监护人的责任问题，搅在一起乱七八糟，最终承担赔偿的是外包施工队。

刘少英是在从县城开会回家的路上知道消息的。再刚强的女人也招架不住丧子之痛。一夜间白了头发，呆呆地不说一句话。一种巨大的悲痛袭来，让她浑身无力，让她撕心裂肺，让她悲痛欲绝。家破碎了，家残缺了，家不完整了。儿子就是天，天塌了，等待儿子的将是冰冷的世界，然后化成一缕青烟，化为乌有，彻底地离开这个世界，离开亲人，离开小刘庄。在刘少英的脑海里，翻滚着李刚的点点滴滴，像无形的大手撕扯着她，又好像看见李刚跌倒在村口，伸出渴求的手，等待妈妈的搀扶。

刘少英始终不语。

大家都等着她拿主意呢。首先上门来的是供电局的领导，然后是镇里的、区里的领导，甚至市里的领导也将电话打到了家里。

三天后，刘少英操持给儿子发丧。她就像变了一个人。按照农村的规矩，父母健在，早亡的儿子是不能入自家坟地的，这种情况的人家，大多把早丧的孩子埋在村南的大水沟的土埂子上，那里已经埋了四个年轻丧命的了。刘少英坚持将李刚埋在自家宅子旁边——李刚的宅基地上。把死人埋在村子里，这还是没有过的规矩，自然有人出来反对。刘少英态度坚决，埋在我们自家的宅基地上，与别人无关，一向为百姓着想的她，心里只有了儿子。李刚的儿子刚出生三个月，娇小的媳妇只知道抹泪，任凭婆婆的安排。李玉林插不上话，嘴上小声嘀咕："刘少英是真的疯了。"村子里的老娘们站出来，纷纷嚷道："晚上孩子们咋出门呢，看见坟头谁不害怕。"刘少英就向全村的父老乡亲连着磕了三个响头，自己拿起镐头开始刨坑，大家看着心酸，再铁石心肠的人也心软了，李刚就埋在自家的宅基地里。

施工队与刘少英签订了补偿协议，给了赔偿。李刚是供电局的农电工，出于人道，发动全局的人捐款六万元。刘少英一分没要，都给了儿媳妇。

这件事就这样和平解决了。

第二年，村委会班子成员名单就没有了刘少英的名字，是她自己不干了还是其他原因，不得而知。她卖掉了所有的羊圈和羊，偿还冶炼厂的饥荒。就这样，曾经红极一时的先进妇女代表很快就暗淡无光，很少有人再提起她。

听到这里，我深深地感受到，万事都有一个变数，世事难料呀。贾玉华知道我对刘少英的感情，吐了一个烟圈说："这就是你想听的故事吧。由于拆迁分楼房，她现在是出了名的钉子户。今年已经连续二十次来供电公司上访了。"

我说："她儿子死亡的事不有赔偿协议嘛。当时是施工队与李刚发生的事实合同，与供电公司没有关系呀。"供电企业经历了几次改革，原来的供电局改制成了供电公司，领导也换了几茬儿，这种事几乎没办法解决。贾玉华慢悠悠地说："可不是嘛，人要是走进死胡同，可不是轻易能走出来的。"

刘少英每次来都带着干粮，也不闹，就是不停地说："我儿子是在施工中死的，他要不死，房子早盖上了，有了房子，这次拆迁就能分到楼房，现在他们说，宅基地上没有建筑物就不给楼房，你们说咋办?”她成了缠访。她总强调的理由是李刚是供电局的人，组织要管这件事。

我一直在想，环境造就人，那个年代造就了那个年代的刘少英。现如今，因为拆迁分房，又造就了钉子户，另一个刘少英。我心窝子疼，不知道该如何帮助她，我是答应过她的。

我的直觉告诉我贾玉华没有保留，把知道的事情都和我说了。

按照工作组的要求，到路途近的县供电公司下基层，当天要返回，不住宿，吃饭要在食堂。非要住宿必须在职工宿舍，不给基层添麻烦。我还是请了假，住在县城，因为晚上有一个约会。

夜晚的县城，灯火阑珊，饭馆火爆，我沿着街道寻找约定的饭馆。

我到时人已经齐了，因为只有一个空座位了。黄强将吃奶的劲都用上了，一张脸挤在了一起，眼睛眯成了一条缝。

“老同学，省城的领导，供电公司的林总给我打过电话说你来了。快坐。”我感到很别扭。看看大家都是陌生的面孔。

我急忙解释:“哪是领导，我是临时被抽调的，参加下基层服务调研的。我可不是外人。”我心想：说好的，两个人喝点闲酒，聊聊天，咋整成酒局了。

“老同学，今天没有外人，这几位都是咱班女同学的老公，都是干拆迁工作的，不违反原则，今天咱们AA制，喝的酒是咱清塘县酒厂酿的酒，不超标。你把心放肚子里吧。”黄强嘟嘟地说话，我都插不上话，只好坐下来。黄强继续一一给我介绍在座的各位，谁和哪位女同学是睡一张床的。总共六个人。

“一个菜说，两个菜可以开喝。来，大家共同举杯，欢迎老同学荣归故里。”黄强上学时不爱说话，他在乡镇工作多年，真是乡镇造就人呀。大家纷纷站起来碰杯，我抿了一小口，家乡芦花香酒的味道就是纯正，好喝不贵。

“咱是家庭式聚餐，也要按照规矩来，我们连敬三杯，来继续。”黄强的架势是非让我喝好为止，刚开始就操持得很紧。

黄强小眼睛不时地瞟一眼，我用余光能够看到。本打算和他谈谈刘少英的事，电话里非要见面，多年不见，不来不合适，关键是想求他解决刘少英的事儿，只好硬着头皮来了。既然是女同学的老公，自然就是姐夫和妹夫来相称，我属猪的，三月生的，大他们一些，也顺理成章地成了大舅哥。他们出于尊敬，轮番轰炸，酒过三巡，菜过五味，谈论的话题更多的是回忆过去的时光，以及懵懂的爱情。仿佛一下子年轻了许多，在酒精的作用下，个个说话也不着边际。

我感觉有点胸闷，因为心中有事，就小声催促黄强快结束。大家仿佛意犹未尽，最后纷纷讨要我的手机号码。我说：“黄强那有我的号码，你们就找他要吧。”在稀里哗啦声中，总算结束了“战斗”，啤酒瓶子碎了两个，脚底下足足有三十个瓶子，就像地雷一样，稍不注意就会蹚雷。毕竟是第一次见面，我与大家一一握手话别。

这个小城就是这样热情，从喝酒的程度就能判别出来。我拽了一下黄强，我俩潜伏在夜色中。小城中间是一条小河，历史记载是蓟运河，不宽也不窄，河上两里地就是一座桥，小城围绕着这条蓟运河而建。夜色浓，灯火明。到处霓虹闪烁，让小城绿起来、亮起来、美起来，也让清塘公司的售电量涨了起来。河水在嘈杂声中静静地流淌，河面上泛着五颜六色的光。

黄强点燃香烟，我们两个用胳膊撑在栏杆上，望着河水，沉默了很久，黄强始终不言语。“黄强，你知道我会找你吗？”我打破了两个人的沉默。

“何尝不是我的所盼呀。你去了刘少英的家。”黄强显然精神了好多。

“刘少英的要求不过分，那里不是有三间宅基地吗？”说到这里，我能想象到刘少英黑红的脸颊上带着的泪珠。

“刘少英这件事拖了近两年了，市里在我们镇开的现场会，小刘庄是试点，当时相当顺利，结果半路上杀出个刘少英，我的全盘计划彻底泡汤，小刘庄是第一个拆迁的，到现在规划拆迁的村庄，就剩下小刘庄了。你说，我的脸面重要不重要的不要紧，我怎么向县里市里交代呀。大会小会都挨批，我这顶镇党委书记的帽子早晚要摘掉。”黄强好像压抑很久了，他也许觉得我是最好的倾诉对象。

黄强接着说：“我们举全镇的力量做刘少英的工作，根本行不通。我们处于关怀的角度，没有断水断电，供电公司的线路也没有拆除嘛。近百次的上门，我腿都跑细了，唾沫费了有两水缸，我恨不得给她跪下，真的是没有辙。你说，那三间宅基地上就是有一间茅草房也说得过去，如果给刘少英解决了，小刘庄这种情况还有十一家，那不乱套了，再出现群体上访，后果不堪设想呀。”

我能感受到黄强的难处。基层工作不好干，这是不争的事实。乡镇工作面对的是老百姓，各种各样的问题解决起来的确有难度。我是了解的，乡镇供电所的工作同样千头万绪，解决老百姓的事是大事，但也有人会提出超出合理范围的诉求。我理解黄强的苦衷，但刘少英的事情还是要解决的，我还是觉得黄强应当解决得了。

黄强好像明白我的心思，继续说：“刘少英是钉子户，但不闹访，走乡镇，上县政府，最后到供电公司，她是有思想的。说实话，这拆迁的事和供电公司没有一毛钱的关系。李刚出了事故丧了命，赔偿的金额当时不低，这都十多年前的事了，但她翻出来，说得好像有道理，其实根本没有道理。”

“你们就不能从关怀老先进的角度考虑考虑，从物质上、精神上做点文章。”我知道自己这种提法不正确，心里起急，不知道说什么好。

“文章可以做，没有资金倾斜，哪有下锅的米呀。起初，我给她买吃的，送一次扔一次，我不信邪，就再买，扔到第九次时，我顶不住了，兜里没‘货’了。”

夜色更浓了，就如同我们两个人的心境，沉沉的。闪烁的霓虹灯搅得人心不静。夜是凉的，感觉后背有些冒风，凉丝丝的。

“老同学，听说你和刘少英有交情，可把整个莲花镇政府的人乐坏了，救星来了。别人你可以不管，我，你可不能见死不救呀。”黄强好像酒劲还很足。我不明白，我咋和拆迁的事搅在了一起，本来是一个反映情况的信件，没承想牵扯出这么多的事、这么多的人。

“你们没有考虑过调整规划方案吗？保留一些旧居留个念想，建成一个公园啥的。”我感觉累了。

“没有那么容易，这是市政府的重点工程，调整方案，从立项开始还要从头再来。”黄强眼里流露出的无奈是显而易见的。“即使调整了方案，把她的宅基地甩出去，没水没电没路，那对于她来说还有什么意义呢。孤坟孤庙的，岂不更凄惨。”我忽然觉得我是说不过黄强的，他毕竟有多年的拆迁经验。

我说：“可不可以将她的宅基地高价收购了，替换成楼房？你再考虑一下她的感受。”

黄强沉默了，手中的香烟已经只剩下了过滤嘴，茫然地瞅着远处。夜色中的薄雾将我们两个包裹着。

“你们下基层服务工作开展得挺早呀！”黄强突然冒出这一句。

“我们对基层单位进行全覆盖的送服务，主要的目的就是帮助解决实际问题，做好内部提升策略规划。查找问题，找短板，提出整改意见，落实整改。帮助解决历史遗留问题，让基层单位轻装上阵。”我知道这才是自己的工作。

“你们行业走在了前面，送服务工作要常态化，这也是规范管理的一剂良方。我们乡镇由县里统一安排。”黄强好像若有所思。

我不想讲更多工作的事情，有些是保密的，忙说：“今天到此吧，你也累了，我也回去了。”黄强没有言语，沿着小路向前走去。

总经理林清泉的办公室紧挨着会议室，会议室改成了工作组的临时办公室，按照工作要求，清塘供电公司将准备的资料整整齐齐地摆放在文件柜里，经过我们十几天的摆弄，已经凌乱地分布在每一位工作人员的面前，一人一台电脑。送服务工作关键的是“认真”二字和较强的工作能力，大家多数是省公司本部室抽调的，中午只是简短的休息，大家都很疲惫。光荣的使命和艰巨的任务，让每个人都兢兢业业。进出会议室的人是被叫来了解情况的。

清塘供电公司体量小、较偏远，年售电量20亿千瓦时，是业绩指标排名不靠前的基层单位，所在的清塘区改区撤县不久，是典型的农业区县。这是我曾经工作过的地方，从内心讲，我希望它能够快速发展。

送服务工作在总体安排上是以帮助解决问题为导向，兼顾排查管理上存在的问题，时间上不设上下限，各工作组自行确定时间。工作接近尾声，组织程序是谈话的环节了。林清泉是总经理、党委书记一肩挑。刘少英反映的问题和他们交换了几次意见。

这天，我推开总经理办公室的门，林清泉站起身，满脸堆笑着说："辛苦了，这几天忙着参加区里的会议，没陪你们，见谅。"我和他并排坐在沙发上，杯中的茶水冒着热气。"林总，我们这次的工作任务基本完成了，对你们办公室、人资部、各供电所等单位积极配合我们的工作表示感谢。"林清泉浅浅地笑了。他咂了一口茶，国字脸上泛着红光，头发稀疏，宽宽的脑门，一双大大的眼睛放着光。"送服务工作是件大事，是领导对我们基层单位的关怀，也是全面地反映我们的管理水平、领导能力，以及我们在三重一大方面的决策是否合规合法的一次重要检验。"林清泉是两年前上任的，走过五个单位，干过五年的副职，当过三年的党委书记，对工作的认识是深刻的。

我也很认真地说："通过下基层来调研，发现清塘公司在指标管理和队伍建设方面有很多经验，不过问题还是有的，下一步我们共同努力，是省公司层面解决的，我们及时反馈，督促本部部室马上对接解决。"

"是呀，我们再继续努力。"林清泉态度明朗。

"这次的来信事件，也多亏了你的关注。"我不想再提刘少英的事，林清泉又将话题引了过来。

"刘少英连续来访，好在没有产生舆情，你们处理得不是很妥当。"我严肃地说。林清泉苦笑着说："我亲自接访就是十次，每次都谈三个小时以上，刘少英不是一般的人。区里领导和区信访办的领导都知道，就是拿不出可行的办法。这次，你来了，而且听说和刘少英感情不错，你好好劝劝，搬了吧。"所有人都把刘少英搬不搬迁的事压在了我的肩上。我答应刘少英帮忙解决事情，要是刘少英不搬迁，好像我就是“帮凶”了，我有苦难言。

林清泉接着说：“刘少英每次来都很憔悴，我是知道她的历史的，我们做过调查，她获得的县级及以上的荣誉有四十六项，是一个有觉悟的人，但在这件事情上钻了牛角尖，咋也钻不出来了。我的娘亲，她和你谈起来没完没了的。儿子李刚想盖房的时候，家里不是没有钱，她成天忙着扩大再生产，心里装不下别的事情，盖房的事就拖了。出事那天早上，刘少英要到县里开会，早早地起来，李刚已经到了羊圈，早已挤满了三大桶羊奶。她说，她记得儿子的额头挂满了汗珠，儿子和她一样忙完家里的事出去干活的，从没有喊过苦。当她出门时，儿子还嘱咐她路上注意安全。恰恰他出了安全事故，人说没就没了。儿子走了，她的魂也被勾走了。她不是要求再赔偿多少钱，就是让供电公司出个证明，证明李刚在单位忙才没及时盖上房。这个证明根本没有用处，但是刘少英就是坚持，再后来，刘少英就说李刚是在单位工作时没的，他要是活着，房子早盖上了。说实话，这就有点强词夺理了。每次来，刘少英就在信访室呆呆地坐着，眯着眼。”

“你们再和区里商量一下吧，一旦刘少英越级上访，后果是很严重的。”我站起身往外走，近些日子，晚上始终睡不好，爱烦躁。我不想再听下去，基本情况明摆着，问题在，总是要解决吧。

刘少英的事就像天空中的风筝，一头牵着我，让我始终无法挣脱那根绳，想着抽时间去看看她。

刘少英家的大铁门这次竟然上了锁。锁头大得出奇，我想那肯定是她捡来的。刘少英家最值钱的就是满墙壁的荣誉奖状。我趁着周日从省城赶来看看她，给她买了一件加厚的毛衣。我不知道她在这个家会住多长时间。漫漫寒冬，她能熬过去吗？北方的秋天很短，短得不曾用手抓住，秋走了，冬就来了。阳光稀薄透明，天高云淡，一眼望出老远，废墟上没有人影，我没有喊她的名字，我判断她不会在家里。废墟的东面有机器的轰鸣声，那是规划的工业区，已经破土动工了，北面拔地而起的是120栋外墙涂成油绿油绿的高楼。听说，高楼都带双面的电梯。那楼里面住着小刘庄的百姓，唯独没有刘少英。

我踩着废墟往前走，远望废墟和高楼之间的小刘河，河岸两边盛开着芦苇花，只能看到芦苇花的尖尖，视线中有个黑影在移动，那定是刘少英。走得微微出汗时，我来到了刘少英的面前，她吃惊的眼神并不明亮。割倒的芦苇排得整整齐齐，就像被检阅的士兵，她的手上贴着几张创可贴，想必是受了伤。我们面面相对，她在我的面前是脆弱的，泪水淌了出来。我攥住她的双手，如同多年前的那个夜晚。

我一下子跑神了。

记得那个晚上，好像大家心情都很好，刘少英炒了一桌子的菜，李玉林非让我喝点白酒，两杯下肚，我的脸蛋红得如同鸡下蛋。那是我平生第一次喝那么多的酒。李玉林喷着酒气说他相信爱情，也相信现实。我不明白他要表达的是啥意思。

刘少英要到羊圈去看看，我撇下李玉林，跟着她去，没有路灯，就高一脚低一脚地跟在她的身后。她不说话，羊圈里的羊生病了，她心里起急，脚下生风。最后我只能一路小跑跟在后面。

在羊圈忙活了两个小时，我们往回走，她的脚步轻盈多了。我绕到她的前面攥住她的大手。

“我崇拜你，你就是我心中的神。”我知道她是听得见的。我是清醒的。

“小陈，你喝多了，不让你跟来非要来，别和李玉林喝酒了，他能喝一斤的酒。”说完，刘少英挣脱了我的手，爽朗地笑着，也不管我，继续往前走。也许是酒精的作用让我冲动。她在我心目中太伟大了，一个女人带领一帮爷们发家致富，得过那么多的荣誉。我的喜欢是纯粹的，那是我们接触六个月后的夜晚，我至今不忘。第二天，刘少英早早地催促我去县里汇报奶羊的养殖经验，好像什么事也没有发生。我是清楚地记得的。从那以后，就没有再提过，一直到现在。

一阵风掠过，刘少英说：“你在想什么？”她打断了我的回忆。

“大姐，割这么多的芦苇有啥用？”虽然给她买了加厚的毛衣，我还是希望她早早地搬走，这哪里还是家呀。

“冬天烧大炕可费柴火了，芦苇的火不硬，就要多烧，少了咋行。”我无语。刘少英突然将视线移到那片绿油油的楼房，停顿了很久。她知道与她一起生活了半辈子的村民都在里面。没有她和儿子李刚。

“你知道这些年我是怎么熬过来的吗？我就拼命地干活，夜里醒了就干活，不去想别的。要是细细地想，我早就疯了。”我明白了她三番五次地上访其实不是为了要结果，就是着了魔似的重复一件事情，去信访的地方有人听她讲，家里没有人听。

我坐下来，感到很愧疚，腚下的芦苇软软的，芦苇花是干枯的，碰到衣服就会落下苇毛毛，芦苇花黏了一身，我没有去摘掉。

“李玉林没有过来陪你吗？”我就是想知道，关于这件事情，李玉林的态度。刘少英转过身瞧了我一眼，继续将身子朝着楼房的方向。

“这么多年委屈他了，他是城里人，他应当在城里生活。”说完，刘少英沉默了很久。我望着远处的楼房，隐约能够看见玻璃窗上挂着红色的窗花，喜庆、热闹。我不知道刘少英相不相信爱情。我猜到，她喜欢李玉林，她宠着他。

“你回去问他们了吗？可以给我楼房吗？”刘少英将脸对着我。

我一时不知道怎么回答，低着头，轻声地说：“搬了吧。”

她激动起来，挥舞着胳膊，厉声地说：“按照常规，宅基地是应当分配楼房的。不给我楼房我不搬，我就在这守着儿子。我搬走了，儿子就找不到家了。”

我知道，即使给了楼房，李刚的坟还在那，迁坟也是事儿。

我岔开话题，说：“女儿李丽现在干啥去了？”母女连心，闺女总不能撇下妈不管吧。刘少英的表情不可捉摸，看不透她内心的东西。从她的口中，我得知女儿李丽远嫁新西兰，和洋姑爷在那里有一个农场，养奶羊，挤奶，制成奶粉，销往中国。不承想，女儿干起了母亲起步时的养殖业。李丽走时没拿走家里的一分钱。刘少英早就设想着建一个够规模的奶粉厂，实现产供销一条龙，要出全中国最好的奶粉。她的梦想没有实现，女儿实现了，可惜是在新西兰而不是在中国。女儿几乎不跟她联系，她不知道为什么，女儿在她的心中也没有多重的分量。从小就爱干净，讨厌羊圈的骚臭味的女儿，自己却把奶羊养得出奇地好。

“姐夫李玉林现在在干啥？”问完，我知道自己错了，我也许戳到了她的伤痛处。她的眼神始终在看远方的楼房，好像她能够分辨出，哪个楼层应该有她家能够分到的两套楼房。

“你姐夫退休了，每天侍弄他的画。有时间就帮着儿媳妇打理超市的生意。”刘少英只顾及那套老宅子是她的家，至于其他人，她好像不太关注。一家人分散三处。

“大姐，凡事想开些，你操劳一辈子了，也该歇歇了，这样的日子总是要到头的。”我知道暂时的劝说是没有用的，并不能打开她的心结。她需要有一个温暖的家，那个家里有老公有儿媳有孙子有女儿有洋姑爷有一半洋一半不洋的外孙，唯一缺的是儿子。

世间的事情又有多少能够说得清楚呢。

刘少英抹了一把汗，回转过头，面对着我说：“我这一辈子没有求过人，我是不信鬼神的人，从小胆子贼大，只要是想明白了就敢干，没有人能够拉住我。你知道我为啥不再干妇女主任吗？那时李丽走了，去了国外，她什么时候开始来例假我都不知道，她第一次参加高考我不在身边，她大学毕业的时间我记不得。在别人眼里我是一团火，可在我女儿眼里我是个怪物，起码不是女人，何况是妈妈了。冶炼厂倒闭，外债我不怕，钱没了可以挣，女儿离开你了，那是心痛的。儿子没了，姑娘远嫁了。我也许是在偿还上辈子的孽债，最近老是做梦，李刚在梦中哭着向我要楼房。”刘少英确实是一个传奇的人物。

眼前的芦苇随风摇曳，我眺望着远方，眼前的景象是模糊的。

“大姐，搬家吧。”我能够说的只有这么一句话了。

“真的要搬吗？你也不能帮我吗？宅基地是村里发放的，我有村委会发放的证据，难道宅基地不算数吗？真的就没有路可走了吗？”她仰天长啸，就像是空旷原野里的野狼，泪水在粗糙的脸颊上滑落，落到地面，分明能够听见溅落的声响。那是一种绝望，那是一种压抑已久的呐喊。

“只有宅基地有补偿，可分不到楼房，要自己补贴一定数额的差额。”我自己好像都听不见自己的说话声。

秋风是凉的，她头上的红头巾松动了，她顺手抓在手上。她抽泣了一下，平和地对我说：“走，咱们回家，我给你做你爱吃的疙瘩汤。”躺在地上的芦苇没有向她敬礼，她就走了，走在起伏的土埝上，磕磕绊绊。

“不去了，姐，我该回去了，天短，我怕天黑了，路上开车不得眼。”我不知道她听见没有，她没有停止脚步，我就那样看着，久久地，在风中，也和芦苇一样在风中摇曳。

下基层送服务工作结束了。我和组长与清塘供电公司的领导班子先召开了反馈会。我负责对总体情况进行了通报。每到一个单位，我都感到责任重大，有一种说不出的紧张，问题一个一个解决后，心情会好很多。不管问题有多少，我们的工作总算告一段落。碰头会很顺畅，当然，我把刘少英反映的问题做了重点分析，因为刘少英的问题还没有彻底解决，存在着一定的风险。林清泉总经理和分管的领导对这个问题态度明朗，这个问题必须想办法解决。其实，我心里清楚，这件信访涉及村、镇、区里，甚至是当时的施工队。供电公司其实就是一个态度。毕竟，李刚曾经是农电工，可以从关怀的角度帮助解决。这个问题老实说，也不是问题，我反复强调。我知道我对刘少英是有私心的。

我不知道，那天我说的话，刘少英是否真的听进去了。

在大会议室，所有的中层干部都在等待最终的总结，都等着“揭锅”呢。就在快到大会议室的时候，老同学贾玉华拽住了我，递给我一封信，信封的收件人是陈进，落款是莲花镇小刘庄。我感到一阵眩晕，刘少英呀，你这不是要我的命吗？稍微沉住气，我发现信封没有邮戳。我转向贾玉华，和他来到了楼道的一角。

“信是咋来的?”我瞧着贾玉华。

“信是莲花镇供电所的一个叫刘海洋的劳务派遣工送来的。”

“刘海洋是谁?”故事本该结束了，怎么又冒出一个刘海洋。

“刘少英家的亲戚吧。”听罢，我彻底明白了，刘少英为什么知道工作组的邮箱了。慢慢撕开信封，文字并不多，落款是刘少英，歪歪扭扭的字，是铅笔写的，上面留着她的泪痕，好像每个字都在滴血。

“我不会再给供电公司添麻烦，你在电力系统工作，我怎么能给你拖后腿呢。”

看吧，不能控制自己，仿佛刘少英面对面在跟我说话。我撇下贾玉华，钻进洗手间，直到急促的敲门声不断响起，我才清醒过来，我是要参会的。

会场的所有人穿着白衬衣，胸前佩戴着党徽，都伸长了脖子在等待着。我在写着我名字的桌牌前坐下。会议马上开始。组长不满地瞪了我一眼，原来所有的人都在等我。长达十页的总结报告，我不知道是怎样念完的，刘少英的信访问题，我临时给取消了。组长又瞪了我，擅自改变总结报告的内容。我悄悄将那封信递给他，台下的人是看得见的。组长看后，脸上没有了责备。

有些问题来自基层座谈时的反馈，有些问题也可以说是多年未曾解决的难点问题，大家都能心平气和的，经过努力解决了大多数问题。

我想，会议不长，可这个会议有意义。那是一项工作的最后的谢幕，又是深化工作的开始。

在返程的车上，微信的提示音不断响起，我有些累了，懒得去看，可急促的声音催促着我，是不是足球群的那帮小子在相约何时来一场足球赛。打开手机，63条的微信信息提示。映入眼帘的标题为《清塘区拆迁最后钉子户房屋一夜消失》，还配了照片。我一条一条地打开，全是一样的，这是刷屏的节奏。还有正在挤进来的微信，伴随着一张张的笑脸。一夜之间，啥意思？我吓出一身冷汗，刘少英墙上的奖状还在吗？刘少英是不是也被压在了废墟的下面？我不敢往下想，大汗在额头上冒着热气。我一遍一遍地看，仔仔细细地看，终于在画面的左下角看见了刘少英经常围着的、没有换过颜色的、红红的头巾的一角。我确信刘少英没有在废墟的下面。

当天夜里，黄强给我发来的微信信息与别人不同，那张图是李刚的坟变成了一个大坑，因为我熟悉画面上依旧枯干的玉米秸秆和深浅不一的脚印。刘少英是安好的，这多少让我心安了。我不敢想象，生怕她出什么意外。是我让她失望了，凡事还是要讲究原则和政策的。如果她真的死了，那将是我后半生无法弥补的错。黄强发来一张哭笑脸表情。我知道那是他的心情，苦苦等了两年的问题终于解决了，他又可以得到领导的肯定，甚至可以当成拆迁工作攻坚战的典型。那张哭笑脸跟刘少英没有丝毫的关系。

窗外的月亮很亮，洒下银白色的月光。我辗转难眠，短短三周的时间发生的事情要用三年来消化。一朵云彩遮住了月亮的同时，我突然想起刘少英跟我提到的地方。心中燃烧起新的火焰，猛烈而炙热。我知道她去了什么地方，那个地方叫石头村，与小刘庄相距300公里。那里是山区，有上千亩的林木，那是早些年刘少英考察林下养殖承包下来的荒山。她一定在那安家了。她不会孤单，因为有儿子的陪伴。我忽然明白，她所要的楼房不是那绿油油的楼房，而是内心的大厦。

窗外泛着白光，天就快亮了，我和衣躺下就进入了梦乡。

恍惚中，李玉林找上门来，说要和我喝酒。我就随他去了。那是宽敞明亮的画室，墙上挂着的画好熟悉，清一色的芦苇，每一幅画上都有一个戴红头巾的老女人。

喝酒，李玉林已经不是我的对手，他白净的脸上挂着夕阳的红色。原来他的画室和儿媳妇的超市紧挨着。每天他和儿媳、孙子一起吃饭，就这么简单。

突然间，我听见刘少英在喊我的名字，激灵一下睁开眼，天亮了。

第二章

让自己没有想到的事情发生了：我被调到了省送变电公司。领导谈话简单，说我工作经验丰富、政治觉悟高、工作作风硬朗，危难之时，临危受命。省送变电公司内部管理需要强化，得有一个老到的同志坐镇。我之前听说过，我有可能调任监察部主任，谁承想，风向变了，又到了一线。

天阴着脸，一团一团的黑云压下来。我匆匆赶到白尾鹞岭西北的工程指挥部开会，会议的主题是施工安全。分指挥长老生常谈，又一次强调全线要保持零伤亡纪录，否则，出事的施工队和所在施工项目部会被全线通报，记入有关名单，直接影响今后的工程投标。分指挥长讲话之后，每个施工项目部及施工队都要发言。我是总指挥，安排在最后讲话。

各个施工队长的发言大同小异，像老太太的裹脚布——又臭又长。我历来反对开长会，工作说清楚、问题讲明白、措施定具体、下步工作捋顺当，就完事。特别是施工一线的调度会、安全会要直奔主题。由于我刚上任，对有些情况想了解了解，也就硬着头皮听着。

1号工程是特高压工程的首战工程，在海拔高、地势险的白尾鹞岭施工，其难度不言而喻。所以，我建议将安全会开在现场。出于对职业的敬畏，我有种如履薄冰的紧迫感，安全是基础，来不得半点的闪失，人命关天呀。

突然，电话哗啦啦地响起。我急忙出了会场，分指挥长追了出来，我示意接个电话，他才在离我十多米的地方站住了。

“郝丽，有急事吗？我在开会。”我和妻子郝丽有约定，联络尽量用微信，这次想必是有事。

“老爸住院了，今天在卫生间摔了一跤，大胯骨折。”怕啥事来，啥事就来。我本来计划在白尾鹞岭住几天，把38–42#基塔架设完再回去。这明显是要泡汤。

“我一会儿给我同学打电话，让他帮忙照顾照顾咱爸。”

“周院长在这，老爷子倒是没有生命危险，我就是告诉你一声，家里也没指望你啥。”郝丽明显带着怨气。郝丽天资聪明，要不是当领导的岳父坚持要她在工厂工作，说不定早当上处级干部了。当然这是我那帮同学瞎捧的，每次聚会都提这事，让我感觉好像欠她的。这是我这辈子亏欠她的，因为家里需要人经营。

“好了，我知道了，您受累，我可能回不去，工程到了关键时期，我放心不下。”电话那头没言语，挂了。

窗外乌云翻滚，树影摇曳。先是微摇，继而左摇右摆，张牙舞爪，拼了命一般，呜呜地叫，摇得敞开的玻璃窗哗啦哗啦响。一阵狂风夹杂着雨星子扑进室内，溅在我脸上，沁心的凉。我示意分指挥长抓紧散会，我不再讲话了，各施工队长马上赶回各标段，做好迎接大风暴雨的准备，做好人员安全防护，停止作业，确保安全。

真是怕鬼有鬼。在这个节骨眼上，第三施工队的王大友居然受伤了！这是我后来才知道的。对王大友不陌生，我们从小一起长大，他的父亲是湖北建筑施工队的，曾经在我们居住的县城建楼房，他在哪里施工就在哪里安家。直到王大友11岁，才搬到了现在的泉州。由于老爸和他老爸有交情，我们始终没有断联系，所以我也知道他后来当了电力公司的劳务派遣工，从小爱钻研的他，也成了农电的土专家，只是很多年没有见面，就是彼此碰面，恐怕也不会认识了。

指挥部是一排彩钢房，就在一片空旷的台子上，这里的台子和清塘县小刘庄的台子不一样，那里的台子就是大土堆，这里是两座山坳的半腰腹地，地势不算洼，地面是坚硬的石头地基，四周做了排水沟，从安全的角度讲，这里避开了被泥石流冲走的风险。白尾鹞岭名字的由来是它属于燕山山脉，百分之九十是山区，崇山峻岭里有一个出了名的泉，据说泉水顺流而下，流到通州河，一路向南，是大运河的发源地。但是我没有研究过，只是口口相传知道的。另外，还有说头的是白尾鹞岭，岭子有栖息的白尾鹞，这种北方小型猛禽多在夏季来此繁殖，是繁殖性迁徙夏候鸟。由于地势险峻，很少有人能够接近这里，这次施工恰恰只能从此经过，也让很多的施工队望而却步，好不容易将工程分包出去。施工点位险峻，安全就是大事。

暴雨倾盆而下，玻璃窗沙沙作响，高大的乔木借着雨势无限扩大着声响，在山坳中回响。我不禁感叹，施工条件实在是恶劣，施工队员的后勤保障一定要跟上。山风不知道我复杂的心境，依然肆无忌惮地与雨声的嚎叫掺杂在一起。

人到中年，体力和精力都是考验，我侧着身子在办公桌前静静心。老父亲的手术不知道咋样。父亲一生耿直，几次想让两位老人搬来和我们一起居住，他都反对。人老了，不想给儿女添麻烦。自己能动，自己能解决的事情，自己解决。朦朦胧胧中，忽然想起一件往事，那还是自己曾经当项目经理的事情。

那时我刚把工作关系从乡镇转到供电局，虽然是干部，但我还是坚持下沉到了施工的第一线，想从头学起，隔行如隔山呀。我想只有这样才是进入角色的好途径。于是，我顺理成章地成了施工项目部的“临时成员”，开始了自己忙忙碌碌的生活。记得连续多日发了潮的天气，把身为城区110千伏变电站项目经理的我搞得喘不过气来，一天下来几身汗。由于两条出线要经过县城三八河路段，需要铺设电缆800多米，采取地下顶管施工。这条路两旁都是商铺，为了不影响商铺的生意，只好晚间施工。可连绵的雨水好像故意和我过不去，施工断断续续，工期快到了。我像热锅上的蚂蚁。

天空飘着小雨，我来到三八河路工地绕一圈，施工机器停靠在道路旁，我心里升腾起不可名状的火气。这时，电话响起。“老爸，您有啥事?”我显得有点不耐烦。

“你都半个月没来家里了，你妈想你了。”电话那头的语气也不是太友好。

“我不是和您说了嘛，为了缓解县城的供电压力，保障正常供电，城区新建一座110千伏变电站，现在正是最关键的时段。等忙完了，再去看您。”我回着话，感觉确实有段时间没有去老爸家了。

“工作是重要，可你妈感冒发烧一个礼拜了。”电话那头说完，挂断了。

我麻利地往老人居住的小区赶路，与此同时，给妻子郝丽打电话，让她下班直接过去。其实，我居住的小区与老爸居住的小区只有两里路。这段时间实在是太忙了，疏忽了老人。老爸是电力退休的老职工，没事在家喜欢关注国家大事，退休生活平淡充实。老妈没啥爱好，每天就是忙活三顿饭，闲下来了，就是盼着孩子们能够回家吃上她亲手做的饭菜。

我和郝丽同时进了单元门，我隐隐约约看见老妈在阳台上忙活着做饭，不像生病的样子。我和妻子两个人交换了眼神，这可能是老爸的“套路”，悬着的心稍微缓和了些。

满屋子的菜香，是熟悉的味道。

我三步并作两步直奔卧室。“妈，您病了，咱去医院看看，现在就走。”郝丽知道我是故意装出来的，径自去了厨房。

“不说你妈病了就不回来，是吧?”老爸从卧室迎了出来，满脸的不高兴，浓浓的眉毛拧成了麻花，脸上堆满了皱纹。

“爸，这段时间实在是忙，您一个电话，我们不就回家了嘛。”我心存愧疚。

“你爸呀，是想你了，拿我开涮，说我病了，晦气。”老妈端着热腾腾的菜走进客厅，脸上却挂着微笑，是那种发自内心的喜悦。母亲看见消瘦的儿子，心里也心疼。

“干工作要动脑筋，别眉毛胡子一把抓。现在，顶管施工进展缓慢了吧？”父亲的话刺痛了我。您真是哪壶不开提哪壶。

“您都退休很多年了，单位的事，您就别掺和了。”我心烦，扭头到阳台吸烟。外面细雨蒙蒙，路灯洒下的金光在树枝的缝隙里闪烁着。这该死的天气哪天放晴呀。父亲没有接我的话茬儿，扭头进了卧室。这满桌子菜都齐了，爷俩说话岔劈了。

郝丽看情况不妙，赶忙去请老公公，面带微笑地说：“爸爸，您是电力的老前辈，工程的事啥事不精通呀，陈进的工作您还要多指点。”儿媳妇说话，老公公爱听，脸色多云转晴，随着儿媳妇到了饭桌。

“陈进，过来陪老爸喝两杯。”听到喊话，我觉得老爸管得太宽了，慢吞吞地坐在餐桌前。老爸倒好了酒，就等着我端杯。我知道老爸的脾气。他办事认真，曾经在单位摸爬滚打了四十多年，电网工程建设确实在行。他心里始终装着电力系统的发展。

我缓缓神，大声地说：“爸，来喝酒。”老爸内心起了波澜，显然是对我的举动表示满意，却不挂在脸上，用酒杯碰碰，将酒倒入口中。我吃得风生水起。都一个月了，每天在工地，吃的都是盒饭。我知道施工安全是大事，只要施工，都亲力亲为抓安全，现场督导。

妈妈的饭菜做得就是不一般。

三杯酒后，老爸明显要说话的欲望在膨胀。

“当年，县城没有供电的电源点，费了牛鼻子的劲儿，筹措了资金，完成了图纸设计，那可是我的心血呀。记得开始建设城区35千伏变电站，你还在上小学，三个月的奋战，我们在技术力量不足、建设环境差的情况下，完成了不可能完成的任务。干工作不仅要有魄力，还要有智慧。”父亲满脸的自豪，脸颊绯红。

“你还说呢，那次我回了老家，让你接孩子，你抛在了脑后，陈进差点在学校过夜。老师不是狠狠地批评你了嘛。”这勾起了老妈的回忆。

“爸，现在建设的变电站实现了数字化、智能化管理，和您那时候可不一样了。”我还没说完，父亲抢话说：“不进步咋发展呀，肯定比我们那时候先进呀。我想去新建的变电站看看。”父亲的笑容还没退去，我就急了。“您可别给我添乱呀，现在变电站整体一、二次设备调试完毕了，但门禁管理严格，不能随便带人进去。”老妈插话说：“你爸都魔怔了，总是叨叨着要去新建的变电站瞧瞧，都退休了，还瞎操心。”“就是嘛，没事您看看新闻挺好。”我见缝插针。老爸表情忽地凝固了，慢慢放下酒杯，眼里噙着泪花，喃喃地说：“陈进，我知道你负责变电站的施工项目，我悄悄去过几次三八河路的施工现场。工程建设质量比速度重要，安全比质量重要。工程有投产的时间节点，但不能为了抢工期，忽视了质量，特别是安全。你尝试着单侧封闭道路，另一侧通行，这样既不影响施工，也不影响出行。”老爸的声音很低，但我听得真切。那种原来认为老爸对自己工作不放心的抵触消除了。原来老爸是自己身后默默支持的那个人。这就是一代电力人对下一代的关爱，老爸以他的方式在关注着我。我深情地看着老爸。

“说句实话，退休多年，但自己仍然关注着电力的发展。我就是想去看看智能变电站长啥样子。不能参观新建的变电站，那就不麻烦你了。”老爸说完，走进卧室。我感受到老爸是带着遗憾离开饭桌的。他是实实在在热爱自己曾经的工作，至今不渝。我没有办法实现他的这个愿望。不过提出的施工建议却非常受益。我便匆匆赶回工地，调整施工方案。

太阳闪着金光，精神抖擞的我浑身洋溢着喜悦，城区变电站一次送电成功。远远望着拔地而起的变电站和六条电力出线，那种为之奋斗的辛苦都被这成功冲淡。电话响起悦耳的铃声。“陈进，单位已经通知我，明天组织我们退休的老同志参观智能化的城区变电站呢。”我能够感受到老爸的激动心情，分享电网建设成果，分享快乐，依然想着曾经的电网建设者。老爸的愿望实现了，他的这个愿望始终压在我的心口，如今老爸高兴得像个孩子，我也算放下了这件事。

阳光闪耀，背影被拉得很长。我做了精心的准备，计划详细讲解新建城区变电站的功能和服务区域情况，让老同志们高兴高兴。我心里顿时升腾起坚毅的责任：建设好坚强的智能电网，让每一个人都感受到电带给大家的温暖和光明。

忽然觉得，老爸就是那座大山，永远可以让我依靠的大山，只是缺少了我的陪伴。心里一下子涌上酸楚，我湿润了双眼。

正想着心事，突然门被人哐当一下推开了。来人大声说："出事了，塔那儿有人受伤了。"惊得我从椅子上弹起来。这个消息如同一颗炸雷，炸得我的大脑嗡嗡直响，后脑勺冒了一股凉气，震得我的心猛烈地狂跳了几下。怎么会有人受伤呢？难道是塔倒了？不可能呀！他们今天施工的是一基高低腿铁塔组立，要是塔倒了，受伤的应该不止一人呀，难道是塔材从塔上掉下来砸到了人？其他人怎么样了？我的心快要跳出来了。

外面呼呼的风雨声，树木的呻吟声，嘈杂混乱。我心急如焚，不知所措。稍微稳定好情绪，我拨打电话，让指挥部分指挥长王奎马上到办公室。

离白尾鹞岭最近的医院是岭东边二十多公里的县医院。我马上命令：必须连夜赶到医院。工人受伤了，我在医院和不在肯定不一样。

情况不明，总指挥要坐镇。我没有听大家的劝说，迎着风雨和黑夜，我和王奎上了车，出了工程指挥部，一头钻进了风雨中，蛇行东去。

这条依山傍河的简易山路也是这条特高压线路的大致路径走向。这场秋雨实在太大，风雨如注，雨刷左右不停地摇摆着，雨水从风挡玻璃上瀑布般斜淌，几乎看不清前方的路。山野里黑黢黢的，坡地里有没来得及收割的棉花、大豆和低处的谷物，我能想象得到它们都被淋成了落汤鸡，尽管我看不清它们。我看见一个草帽大小的黑影从车前低低地飞了过去，似乎还“嘎”地叫了一声。我听得出，这是白尾鹞的鸣叫。我多次听人讲过白尾鹞的故事，说白尾鹞是白尾鹞岭的神鸟，是岭的山魂，白尾鹞常在黄昏和午夜出现，在雨夜出现则不多见。此刻风急雨骤，怎么会有大鸟呢？怎么飞得这么低呢？难道是翅膀浸透了雨水飞不起来的缘故？难道这只鸟跟工人的受伤有关？我胡思乱想。

山路蜿蜒崎岖，对面不时照来一束束刺眼的灯光，汽车都开着远光灯，缓缓驶过。想必那都是夜行者。无暇顾及穿梭的车辆，我的脑海中不时地闪现受伤工人痛苦的表情和施工队今天组立铁塔的画面。这种情况报到我这个总指挥这儿，情况肯定很严重，或许他们没有讲实话，情况也许会更糟糕。我瞎猜测，心里起急。

我听王奎介绍过，由于施工条件所限，地势不平，那是一基高低腿的直线塔，位于白尾鹞岭最陡峭的中段山坡上。塔高六十多米，四个塔腿，两高两低，高腿和低腿最大高差达到三十米，是全线高差最大的高低腿铁塔，施工难度非常大。他们说，在高腿中心桩处，探头往下观望，根本看不到低腿所在的位置，看得人头晕目眩，两腿打战，直觉要一头栽下去一般。

我初到送变电公司就来个下马威，真像领导说的，要经受起考验，关键时刻要顶住。送变电公司之前虽没有出现大的安全事故，但是不规范的施工现场依然存在。工程现场多，注意的细节有时容易疏忽。省公司安全督导组几次直插现场都发现了问题。这也是领导安排我到这个单位的缘由之一。

新官上任三把火，我这火还没烧呢，就来个倾盆大雨。

我在这项工程安全分析报告中了解到了施工的难度和安全风险的概率。施工负责人多次说，还从未遇见过高差如此大的高低腿铁塔，基础施工难度大，组塔难度更大。组塔的施工方案是经过多次论证后制定的，对于低腿侧组塔，先后要打三层拉线，每隔十米一层，一直将塔材组立到高腿的高度，再把四个腿连接为一体，才能拆除拉线。再往上组立，就要开动绞磨机，在塔井中竖起抱杆，打好四角拉线，把在地上组好的塔材一段一段地吊装上去。

王奎不停地打电话了解情况，今天的施工任务是，竖起抱杆，用抱杆吊装塔材。

车子在山路上七扭八拐，我脑子里胡思乱想着，焦急，沮丧，心里不住地提醒自己：你是总指挥，要沉住气，不要急着给问题定性，要给施工队伍吃定心丸，这个时候，不能让军心散了。

汽车几次险些出事。有一次差点撞上了迎面过来的重载大车，由于路滑，司机不敢往边上打轮，下面就是悬崖，和大车擦肩而过，大车呼啸的喇叭声刺耳。司机紧张地放慢了行车的节奏。

瓢泼的大雨好像故意与我作对，一点没有减弱的意思。就在大家刚缓过神的间隙，又一辆大车突然冲到了眼前，我们的车只好向外打轮，突然之间，感觉右轮悬空了。司机慌忙死踩一下油门，车子才蹿到了前面，那辆大车歪斜着呼啸而过，我惊起浑身的汗。司机大口地喘着气，车子好像是大海中的小舟，随时都有被巨浪掀翻的可能。很多人劝我不用这么辛苦往医院跑，但我坚持自己的意见，再危险，我依然会坚持自己的决定。因为在基层工作多年，我知道，这个时候员工最需要领导的关心。

心里起急，便觉得路途遥远，车子颠颠簸簸，恨不能插翅飞到医院。

在忽急忽缓的风雨中终于隐约出现一片暗淡的灯火。

我忽然来了火气，冲着王奎大喊："出这么大的事情，你这个主管安全的分指挥长竟然没有得到消息，直接报到了我这里，这是啥逻辑？"王奎蒙了，大张着嘴，仿佛被人攫去了魂魄。老半天，他才神归壳里，嘴唇哆嗦，手忙脚乱地摸出手机，拨打电话。电话通了。他的声音颤抖，断断续续，磕磕巴巴，啰唆了三分多钟，才结束通话。他怯怯地对我说："王大友的大胯骨折，已经做完了手术。"我心猛地紧缩，奔腾的血液在动脉里乱窜。怎么这么巧，和老爸摔的是同一个位置，一种怪怪的情愫在升腾，扰得我七窍生烟。早在工程开工之前，施工项目部就跟工程指挥部签订了"零伤亡"的安全责任书，施工队也跟施工项目部签订了"零伤亡"的安全责任书。越怕有事越出事。没有生命危险就好。我虽余怒未消，却是长长地舒了一口气，悬着的心稍稍平稳。

车子继续在风雨中往东驶去，路面平坦了，提到嗓子眼的心也平静了。车内没有人再言语。

医院大楼里灯光暗淡，没几个人。施工队长和一个工人正蹲在走廊的墙角里，身上满是泥水，衣服皱皱巴巴的，头发蓬乱，表情呆滞，一副筋疲力尽、孤立无助的模样。见到我们，仿佛见到了救星，猛地站起来，身子微微颤抖，咧了咧嘴，几乎要哭了。

王大友已经在重症监护室，走廊里除了我们，就是围着吸顶灯在拼命嗡嗡飞的小飞虫，有时，会碰到脸上，有时会落在脖颈，让人心烦。我和两个人握握手，算是安慰。我交代王奎将治疗费用安排好。王奎不住地点头，和那个工人下楼办手续去了。空旷的走廊越发阴冷，我和施工队长面对面，急切地想知道事情的原委。

施工队长自我介绍叫刘全。刘全胸膛黝黑，那是长时间在太阳下暴晒的结果，卷曲的头发紧紧贴着头皮，湿漉漉的，大大的眼睛里闪着忧虑，高鼻梁像挺立的大山，厚重的嘴唇。有人曾经说过，厚嘴唇的人不善言谈，能说会道的人往往是薄嘴唇。他的名字，我是听说过的，是条硬汉，参加过的工程没有出现闪失的，这次不知道咋了。他不住地跟我说："给领导添麻烦了。"

望着漆黑的夜以及潮湿的空气，我感觉，我们的工人是那样的淳朴，对于生命的理解，他们才最有发言权。

从他口中，我得知了王大友受伤的经过。王大友具体负责塔基的架设施工，每次都冲在前，干活从不惜力。乌云密布的时候，工人们已经回到工棚，就在端起饭碗准备吃晚饭时，眼看着一大片乌云从北边天际缓缓地爬了上来。王大友担心地说：“看这架势，今夜可能有一场暴风雨，我担心抱杆……”大家不以为然，有的人已经狼吞虎咽了，高强度的劳作，需要足够的补给，飘出老远的红烧肉的味道，早已让他们垂涎欲滴。不知谁说了一句：有队长和安全员，哪用得着你这个组长瞎操心。王大友也迟疑了一下，但他还是放下饭碗，拉起两个工人就往外走，嘴里嘟囔着：“不看看心里不踏实，要在暴风雨来临之前把抱杆放下，要不折断了，要耽误工期。”

“另外两个工人叫啥名字？”我问了一句。

施工队长立马说：“山子和梁子。”

“你当时在哪里？”我接着发问。

“我当时在另一基塔，还没有撤回来。那基塔由王大友负责。”施工队长明显紧张起来，咽着唾沫，那双眼睛不再和我对视，眼珠子慌乱地滚动着。见我不再发问，接着给我介绍情况。

一辆破越野载着王大友他们三个人急速地往山上驶去。天渐渐黑了脸。到了路尽头，他们吃力地爬到了塔位，树梢上已有风声，乌云遮蔽了天幕上的星星。三个人做好了安全措施，梁子在塔下打着手电照亮监护，开动绞磨机，王大友和山子在塔上经过一番忙碌，松开了托抱杆的钢丝绳，把悬空的抱杆放了下来……

他说得有根有据，说了半天也没说到王大友是如何受伤的，有点语无伦次。我突然意识到自己刚才可能问得太急。我降下语调，让他慢慢说。他原本顺溜的嘴巴变得磕巴起来，舌头似乎还不听使唤，啰啰唆唆，唠叨了半天。我一再说，就是为了弄清楚事情的经过，别紧张。他接着断断续续地叙述。

王大友放下了抱杆，解开安全带的挂钩，想调整一下位置。这时飞来了一只白尾鹞，“嘎”地叫了一声，叫得慌张，这大鸟也出现得奇怪。王大友怕是被吓到了，一个不小心，脚踩空了，就摔下去了。

刘全说到这里，吸了一口气，平静地说：“幸好有一棵树挡住了他，要不然，别说他的大胯骨折，恐怕是连命都没有了。”

王大友的受伤竟然和白尾鹞有关。在来的路上，我好像也看到了那个巨大的黑影和那声瘆人的“嘎”叫。难道真的像有些人说的那样，施工之前要考虑当地的风俗？凡是动土都要洒酒，敬敬土地爷。我不知道他们洒没洒酒。我不相信那些迷信的东西。

人摔下来，王大友当时还开口说自己大意，惹祸了。也许是瞬间的麻木，还没有感到疼痛。山子和梁子吓得够呛，慌忙背着王大友往山下摸去。忽然之间，狂风大作，林涛阵阵，树枝在狂风的肆虐下互相碰撞着，甚至揪扯在一起，像是野兽嚎叫，让人汗毛直立。

豆大的雨点噼里啪啦地砸打在树木的枝叶上，犹如炒豆一般，砸在脸上生疼。

山路湿滑，电闪雷鸣，也许那是一生都难忘的跋涉，三个人在风雨中成了泥猴，摔倒再爬起来，再摔倒再爬起来。待他们把王大友背到山下的车上时，浑身都湿透了。

我不想再说啥，让施工队长先回去吃饭洗澡，换身衣服，医院这边马上安排别人来盯着，随时电话联系。

我的心事是王大友的伤势和接下来该怎么办。想了一会儿，想得头疼，脑袋里如一团糨糊，也没想出个子丑寅卯，索性不想了。

窗外的风雨声都息了，低吟的夜虫声微小又尖细，恍如缠绕成条条丝线，缠绕成蚕宝宝的屋子，我就困在里面，挣扎着出不来。

施工队长刘全没有走，执意要等接替的人来了再说。我们便聊起了王大友。

刘全认真地跟我讲起王大友："说实在的，跟王大友在一起施工五年多了，我对王大友了解得还真不少。平时施工忙，每天都累得像狗一样，哪有时间闲聊。王大友与所有的民工一样。民工们有了空闲时间，不是跟家人视频，就是玩手机，再就是睡觉。我觉得他们一个个都像是睡不够似的，倘若哪天下大雨，他们能从早晨一直睡到天黑，爬起来吃碗饭，接着睡。王大友虽说是组长，但是这基塔的负责人。"

刘全说，知道王大友的人品，更知道王大友的技术，不然，领导也不会那么信任他。对于输电线路，无论是220千伏的高压，还是500千伏、750千伏的超高压，乃至800千伏、1000千伏的特高压，王大友只要瞄上一眼，就知道金具和导线避雷线有没有毛病；用锤子敲一敲塔身，就知道塔上哪根角钢和螺丝没紧固好。即便是基础施工，地脚螺栓的型号和间距、尺寸，他的目测数值也能精确到误差之内。刘全不在队上时，很多事情都托付给王大友去负责，王大友的很多话都代表了他的意思，队上很多人私下里都说王大友是二队长，对王大友的尊重不在刘全这个队长之下。与其说他们是一对师徒，他的技术水平远远超出了刘全。

刘全还告诉了我另外一个故事。

那是三年前的事了。夏天，施工队在西南地区一条800千伏直流特高压线路上施工，铁塔组立完毕后，山子和梁子负责铁塔核实检查，检查的方法就是用铁锤敲打铁塔，听声音，以便发现是否有缺陷。一直忙乎到傍晚，山子用铁锤敲打一基铁塔时，意外地惊动了一群从此经过的黄蜂，那群黄蜂轮番追着山子和梁子攻击，蜇得他们浑身是伤。山子突然栽倒在地，被蜇的部位立马红肿，呼吸出现了困难，梁子赶紧给王大友打电话求助。

得到消息，王大友从邻塔那边赶过来，山子已经不能走路，情况危急，王大友背起山子在崎岖的山路上狂奔，一个趔趄，王大友的左脚卡在石缝里。他愣生生地拔出来，脚踝的皮被拉下来一大块，鲜血染红了裤脚。王大友没有迟疑，继续往山下奔。

王大友和赶过来的同事，立即驾车直奔当地医院。王大友心里清楚，这种黄蜂蜇伤后会马上出现局部红肿、疼痛，严重的还会出现头晕目眩、恶心呕吐、呼吸困难、昏迷、休克甚至死亡。他心急如焚，完全是和生命在赛跑。王大友的心紧缩、疼痛，都是一起奋战的弟兄，就怕出啥危险。

让王大友担心的事还是发生了。乡医院说治不了，只能简单处理：用5%～10%碳酸氢钠溶液洗洗伤口，又急忙用上氧气袋。

火速转院。送到县医院时，山子已经昏迷了，医院见伤势过重，当即就给他们下了病危通知书。关键时刻，王大友当机立断，继续转院。

夜色浓重，救护车风驰电掣，响彻夜空的声响，如同王大友的心跳。命大于天呀。

更糟糕的是，到了市医院，山子瞳孔放大，已无生命体征，梁子的血小板浓度也只有正常人的三成。医生朝王大友摆了摆手，让王大友把他们拉回去。王大友扑通一声跪在医生面前，磕头如捣米，哭泣道："求您救救他们吧，他们都是我带出来的兄弟，他们没了，两个家庭就散了……"医生被王大友的真情打动，同意尽力救治他们。

也许是失血过多，王大友也昏厥了。

当王大友醒过来的时候，他的伤口刚刚包扎好，他感到钻心的痛，拼命挣扎着，大呼着山子和梁子的名字，发了疯似的。医生只好打了镇定剂。

往后的七天，王大友度日如年。医院连续给山子和梁子下达了四份病危通知书。也许是医术的高明，也许是及时送到医院争取了救治时间，也许……

两个人从鬼门关前被拉了回来……

施工队长刘全絮叨着施工队的事，我丝毫没有困意。

天蒙蒙亮的时候，在王奎的多次建议下，我才往指挥部赶路。如果不出这次意外，是想第二天去医院看看老爸。我告诉王奎，马上组织停产整顿，准备召开现场会，就这次事件要全面剖析存在的问题。至于上报不上报，要如实上报，出了问题，我负责。王奎都记录下来了。车子在路上又开始了颠簸。一旦解除了高度的紧张状态，全身酸痛，我蜷缩在车里，狼狈不堪。

时间总是不够用的。后来还是挤时间去看了一趟王大友。于公，应当去送关怀；于私，毕竟是小时候的玩伴。

和我想象的完全不一样，王大友眼里噙着泪花，既熟悉又陌生，我们两个人就那样端详了好长时间。岁月催人老，稀疏的头发里藏着白发，沟壑纵横的那张黑黝黝的脸，藏着风吹日晒的痕迹。我主动记下了他的电话号码，希望能够多联系。人呀，就是在某个场合，某个时间段，才能出现，该遇到的还是能遇到的。

工程施工还要继续，采取的补救措施就是在特殊环境下组立基塔，增加一名安全员，多双眼睛，多一层保护吧。

王大友痊愈出院那天，老爸也出院。我寻思着事情咋就这么巧合，就像是老天故意安排的。

由于工程施工的特殊性，公司班子成员全部下沉到了各个施工现场，挂牌督办和塔基负责制同时启动。屋漏偏逢连夜雨。

就在那天，位于半山坡上的一基基坑意外地塌方了。我当时正在指挥部里审阅安全施工的补充指导书，接到电话就赶到了现场。刘全正在塌方的基坑边上组织营救，他冲着我大声说："塌方了，埋了三个人!"他说得火急火燎，急得把家乡方言都带了出来。那个基坑深十一米，四周都有钢筋水泥护壁，三个民工正在坑下作业时，突然就塌方了，三个民工被埋在了两米深的地方。

生命最重要。当机立断，不惜一切代价，必须保证被埋人员的生命安全。

迅速往下面输送氧气。公安、医护、消防以及政府部门的人都来了。密密麻麻的人围了一圈。调用机械，疏散人群，防止二次塌方。

可是，大型机械上不了塔位，大家都一筹莫展。天已经黑了，还下起了小雨，坑壁随时都可能再次塌方，大家都不敢靠近坑口。刘全冲到了前面，坐着辘轳上吊着的提料篮下到坑底，把氧气瓶的通气管顺着钢筋水泥块的缝隙插进去，并朝下面喊话，让他们坚持住。

充满血丝的眼睛一刻也没有离开塌方口，任凭雨水湿了衣服，我站在那里，像个木桩，冰冷的身体，沸腾的血液。我不住地在心里感叹，施工安全是一切的基础。谁也没有想到在这样的地况会出现塌方。真是邪门了。

难熬的七个小时，刘全始终坚持和消防员下沉到坑底，用提料篮一点一点地把坑下的水泥块和碎石土提上去。每一分、每一秒都是漫长的，也是短暂的。切割机能够切割坑里横七竖八的钢筋的瞬间，所有人都看到了希望，露出了被埋人员的身体，终于成功地救出了三个民工。刘全最后一个被吊上坑口。上来时，他十根手指鲜血淋漓，两腿根本站不起来，瘫倒在地。

迎着露出的朝阳，救护车向东驶去，也带走了我的心。没有生命危险，有的是教训。前期的勘察、施工的准备，这些统统要重新梳理。强忍着内心的愤怒和苦涩，我上了车。颠簸的车子驶向指挥部。

塌方事件虽然有惊无险，没有人员伤亡，但是这连续的安全事故，让我如坐针毡。1号工程全部在燕山山脉，纵观东西，要是还是这种状态，恐怕早晚都会出大事。我不得不下令：再次停产整顿，各标段要反复学习这两次安全事件的教训，找不出问题，统统辞职。

发脾气解决不了问题。我开始扪心自问。

事情过去了，自己依然焦灼。

一日，天气大晴，烈日暴晒。王奎推开了我的房门，看见我在写东西，他不急着说话。我说："有事情呀？"

"您这次在指挥部都住一个月了，回家看看吧。"他小眼睛里带着谨慎。

"哪里也不去，我就死盯了。你这个分指挥长对这起事件，有啥处理意见呀？"

"我已经拟好了报告，一会儿您审阅。"王奎有了准备。

"我的意见是，安全事件必须如实上报，该处理的绝不手软。班子成员都要主动认领处罚。刘全应当得到表扬，该走上报流程，及时处理流程，关键时刻舍己，太难得了。”说完，望着外面郁郁葱葱的植被，我心里多少有点复杂。

“你召集会议，班子成员在现场的都参加，研究下一步工作，就这起事件内部先碰头拿出处理意见。”

王奎应了声，走了。屋内剩下我一个人。我突然开始怀疑自己的能力，是哪里出问题了：是不是太赶工期了；施工人员是不是太疲惫了。我拿起安全帽想到施工人员居住的工棚看看。

这事很快被王奎派人写成了故事上报。不料，上级说塌方埋人属于安全事故，救人属于事故补救，不宜宣传，还要下处分。这是我预料之中的。很快，一个专家组前来调查，最终把基坑塌方定性为地质原因所导致，跟施工方无关。这件事我却始终没有放下。

后来，一个记者不经意间听说了这事，便报道了出去，把营救写成了一个正能量的事情，引得更多的记者前来采访。我提出了个人建议：刘全关键时刻不言放弃，组织得力，坚持了七个小时，救出了三个被埋民工。关键时刻冲在前、危难时刻挺在前，需要的是勇气和魄力。荣誉应当属于刘全，属于刘全这样的集体。他因此被评为市级劳模，这是后来的事。

在安稳施工的一个多月后，山地石厚土薄，田地里的庄稼大多已归仓。秋高气爽，是线路施工的黄金季节。眼下最当紧的是要把余下的基坑都挖好，争取在下雪之前把基础浇筑完毕，组塔放线。我也听到很多人的议论，给王大友的处分过重了，很多人期待着王大友回到队里的那一天。王大友好像是众多施工人员的灵魂。他的业务水平，没人能够替代。我感觉，这个工程好像离不开王大友、刘全这样的干将。余下的塔位多半位于白尾鹞岭东段的山坡上，施工难度小，可以使用大型机械作业，不用担心施工人员失足坠崖之类的安全事故，我也不用每天都紧绷着神经了。哪里开挖基础，哪里浇筑基础，安全措施制定得都比较符合实际了，接下来就是施工了。眼下就是多关心施工队员，做好物资、药品保障，杜绝疲劳施工，组织了几次对施工人员的送温暖活动，整个工程的所有施工人员精神状态好多了，我也稍稍喘口气。

本想缓口气，刘全又跑来，说出的事恨不能掀掉我的头盖骨。

那天在会议室，所有的班子成员都在。刘全的闯入，让大家都绷紧了神经，猜测着不会有啥好事。

他仍是结结巴巴地说着。上午，他爬上一个山坡。那里有个塔位，一台挖掘机缓缓地开了过来，开挖基坑。挖掘机伸出巨大的钢爪，缓缓地扎向野草覆盖的碎石土下，随即钢臂一抬，转了一个角度，把挖起的碎石土倒在一边。

挖掘机在挖土时，一只白尾鹞不知何时站在了挖掘机的顶上，“嘎嘎”地叫着。在机器的轰鸣声中，并不情愿的白尾鹞忽地展开翅膀，纵身一跃，从挖掘机顶上飞了下来，划了一道弧线，落在刚刚倒出的碎石土堆上，又“嘎”地叫了一声，用尖利的黑喙啄着什么。这让在场的人十分好奇。白尾鹞完全没有畏惧感，在众人眼前，大家也没有多想。

刘全说，他正要离去，忽然听到有人惊叫了一声："白骨!"他心中一惊，把目光移到那堆碎石土上，果然看到几根白骨，长短不一，有的白骨还折断了，露出新鲜的断口。

"这是一座坟!"

难道是无主坟？刘全提着心，跑到刚刚挖开的土坑边查看。原来，那确实是一个土堆，被挖掘机挖掉了一半，旁边竟然有一小块石碑，看不清模糊的字迹。

突然，白尾鹞竟然抢在所有人的前面，衔着指头长的一截白骨，扑棱棱地飞起来了。它在头顶盘旋了几圈，又"嘎"地叫了几声，一截白骨晃晃悠悠地从空中掉下来，落在新鲜的土坑里。

白尾鹞飞远了，飞到了西边一片山林里，不见了踪影。

我说："刘全，干工作麻利，这汇报咋还婆婆妈妈?"

刘全顿了顿说，白尾鹞岭这地方说来奇怪，当地流传着歌谣，见到白骨不吉利。

他哑着声音说起那首歌谣《白尾鹞岭落》：

白尾鹞　白尾鹞
不落西坡落北坡

白尾鹞　白尾鹞
啼哭叫声落哪坡

白尾鹞　白尾鹞
哪坡落泪就哪坡

寸断愁肠万般事
野岭荒坡安放家

白尾鹞在乡间流传故事说法不一。有的人说，白尾鹞凶猛，偷袭鸟类甚至家禽，但是始终无法制服它，村民就给它立牌位供奉，希望它不再作恶，结果很灵验；有人说，白尾鹞岭原来是地势险恶的石头岭，石壁陡峭，很少有人能爬上去，白尾鹞时常在岭上栖息，后来就改成了现在的名字。但是，大多数人对白尾鹞往往敬而远之，认为它是不祥之鸟。从古老的歌谣能够看出，白尾鹞与丧还是有关的。

刘全继续说："当时心里也犯嘀咕，这恐怕不是吉兆，赶紧停工，生怕出点啥事。"

土坑里除了白骨，依稀可见烂得发黑的细碎的篾片，看上去像是片片竹席，并无其他陪葬物品，连棺材的影子都不见。大家都说，这是一座无主坟，可又不敢再贸然挖下去，担心万一判断有误，坟的家人找来理论可就麻烦了。

刘全说："山下就是石头村，石头村的坟确实都埋在山上，不可能有无主坟，任何坟都是有头的，只是不知道这座坟是谁家的，待我去村里打听一下再说。"

挖掘机停了下来。他慌慌张张地往山下的村子跑去了。

过了个把小时，他和一个女人从村子里急奔上山。老女人约莫六十岁，中等个头，头发花白，绾成一个髻扎在脑后，就像一团乱麻堆在那儿，暗红花蓝底褂子，黑色长裤，发白的绿色球鞋，衣服上沾了一些长长短短的草屑，手里攥着一条红头巾。她的目光转向了那个两尺多深的土坑，两只脚也跟着目光奔了过去，一声惊叫震得四周瞬间沉寂。她扑到土坑里，捧起一截碎白骨，脸色大变，颤声喊道："不能挖，不能挖啊……"那个女人瘦得皮包骨，消瘦的脸颊挂满泪水，扑在土坑旁索性不起来。

这时，一只白尾鹞从空中盘旋着俯冲下来，带着凉风，"嘎嘎"的叫声瘆人，在场的人汗毛竖立，从毛孔往里面钻冷风。突然之间，十多只白尾鹞铺天盖地聚拢过来，带着哗啦啦的响声，在场的人吓出了白毛汗，个个呆若木鸡，别说跑，腿都抬不起来。谁也没有见过这场面。周围的松树也摇摆着身子，风声打着旋涡，卷起灰尘，模糊了众人的视线。刘全想抱起那个女人，可那个女人好像生了根，根本动弹不得。

刘全边说，边紧张地偷窥我。

我还是责怪刘全不懂规矩，有事要层层汇报。

刘全竟然又跑到了指挥部。

不等刘全说完，王奎赶忙站起身就往外走，并大声说："外协组和我一起去现场。"

我看看会场的大家，感觉到这段日子，大家的心往一处想了，班子成员除了在公司带班的，处理日常事务，其他人谁也没有离开工地，个个晒得黑不溜秋的，把工作真的当成了事业，这也是我欣慰的。我不慌不忙地站起来说：“我也去。”

“您就别去了。”

“您在家坐镇，我们去处理吧。”

大家纷纷站起来，他们知道，在各个施工现场，我是穆桂英挂帅，阵阵落不下。搞得大家都很紧张。

“我还是去吧，待在指挥部也不踏实。”

路途并不远。车子颠簸，大家早已经习惯了。大太阳早晚还算温柔，中午时分烤得人燥热。虽然进入秋季，中午的温度依然很高，只是昼夜温差有十几摄氏度，晚上在房子里已经盖薄凉被了。

远远望去，施工人员都坐在高高的土埂上，挖掘机静静地歪着身子，一个人趴在土坑边。走近一瞧，那是一个干瘪的女人，硕大的衣服遮盖了身体。

“大娘，我们领导到了，您起来说话。”没有声响。王奎走上前，试图抱起那个女人，她发出沉闷的呻吟声。刘全顺势将她拥在怀里，将脸移到众人面前，额头一绺白发遮盖着脸。突然，让我没有想到的是，那是一张熟悉的脸，多年没见，只是衰老了许多。

“您是刘大姐吗？您是刘少英大姐吗？”我知道自己的声音已经颤抖了。老天弄人，捉弄谁不好，偏偏是自己多年相识的刘少英。

那个女人听到我的声音噌地坐起来，仿佛被电击了似的，干瘦的手将散落的头发撩起来，那张铁青的脸上顿时出现了红晕，亢奋，敏感。眼睛里饱含着泪水，就在我们眼神交汇的瞬间，她猛地扑过来，我伸出双臂，将她拥在怀里，她就像是失散多年的孩子回到了久违的怀抱，细长的哭声毫无节奏，搅得我潸然泪下。

惊叹！巧合二字的分量已无法估计。

对于突如其来的瞬间，我们两个人马上沉浸在一种不可名状的回忆里。

“知道您后来搬走了，不知道您去了哪？我去了您家，您已经走了。”我极力地表白我不是没有感情的人，或者说是不牵挂她的人。

“我这辈子都没有想到我们还能碰面。”

“是呀，两座山不容易碰面，两个人还是有机会见面的。”

“无缘，恐怕也难。”

我着急想询问，白骨和她的关系。周围的人早已经张大了嘴巴，所有的人没有想到，在白尾鹞岭还有我的熟人，大家就在原地静静地看着，周围没有了一丝的声响，白尾鹞早已经没有了踪影。

“走，回家，我给你做饭吃。”刘少英稳定了情绪，牵着我的手，往山岭的坡下走。

走得汗津津时，眼前是一条河，清澈的河水是山上的山泉，哗哗的声响在树木的空隙间回荡。这条河是这山区唯一的一条河。刘少英的家在河边，四间屋，坐北朝南，边上是间小厨屋。

正屋和小厨屋的房顶上铺着灰瓦，瓦垄间长着一些叫狗尾巴的野草。门前的空地上长着一排大白杨树，树木郁郁葱葱，挺拔伟岸，钻入云霄。它是北方极其普通的树木，也是《白杨礼赞》里那力争上游的树，笔直的干，笔直的枝，所有的枝丫一律向上。在房子的西边有两棵柿子树。柿子树上吊着微微发红的柿子，恍如一只只青色的小灯笼，压得树枝直往下坠，被几根木棍支撑着。一棵枝繁叶茂的大槐树边上垛着一堆新鲜青草，房前的空地上零星地散落着一些青草和草屑，几只鸡在树下的草丛里悠闲地觅食。

刘少英的房子和坳里的村庄大概有五六里的山路，我看着瘦小的刘少英百感交集，这里的家和原来的家有天壤之别。原来的家已经荡然无存了，这里的家依山傍水，只是她仍然是一个人。这样的刚强和内心的强大，让我肃然起敬。刘少英钻进了小厨房，顿时，从烟囱里飘出烟火的气息。王奎凑到我跟前说:"您还认识这里的人?"大大的问号恐怕早已经在他的内心产生好奇。我望着远处郁郁葱葱的大树，随口搭腔:"她是我的大姐。"王奎诧异的眼神里写满了疑问。我没有再解释，钻进了小厨房。石头砌成的灶台高高大大，台面到了她的胸口，灶膛中的木柴噼里啪啦，跳动的火苗好像使出浑身的力量，将热能传递给那口大铁锅。铁锅里是土豆、豆角和茄子，三种蔬菜一起炖，在当地的叫法是乱炖。旁边一块青石板做成的案板上，电饭锅已经冒着丝丝白气，淡淡的米香弥漫了不大的空间。刘少英不停地翻动着铲子，认真、投入。我还无法判断，那白骨和她有啥关系，但是，不容置疑的是，一定和她有关系。说心里话，面对刘少英，我心里没有底。之前，她是那样固执的人，这件事情恐怕难办。

一盘子乱炖、一盘子花生米、一盘子老虎菜，三碗米饭。其他人都回去了，我和王奎端起饭碗，眼睛互相对视了一下，低头吃饭。刘少英就坐在那儿，也不吃饭，端详着我俩。

“大姐，您也吃呀。”

“你们吃，我不饿。”她干瘦的脸上平静如水。她不提白骨的事，我也就先闷着。就怕哪句话说不对，碰了她伤感的神经。

“吃完饭，我带你们看看大姐的羊群。”刘少英说完，坐在院子里，眼睛瞧着远处发呆。

在山坳的西边，远远能够望见一排红色屋顶的石头房，规模是她居住房子的十倍大，在丛林中格外显眼。渐渐听见羊儿的叫声，脚下的石块绊脚。让我没有想到的是，硕大的羊圈其实就是个羊场，足足有近千只羊，羊毛出奇的白，就像天空飘着的云。也许是闻到人的味道，也许是看见了刘少英，咩咩地叫着，奔向大门，我们与羊群向一起聚拢。

我发现，那些羊不是奶羊，是绵羊。

“大姐，这里就是你承包的山林吧！”我大声说。

“前面的这座山都是我承包的，一直绵延到白尾鹞岭，够气派吧。”她的脸上闪过一丝喜悦的笑，但是含在皱纹里，并没有舒展开，显得有点突兀。

“您从清塘县直接就搬到这里来了？”我怎么也绕不开当初

拆迁的事。

她默默点点头，眼睛却望着远处。任凭绵羊们吵闹，她没有打开大门。她不仅是一个有故事的人，她还是一个奇人，一个让人猜不透的人，一个钻不进她内心的人。突然，我感到眼前的刘少英是那样的陌生，仿佛我们之间有着十万八千里的距离，没有大山的阻隔，虽是对面相向，我们却走不到一起了。

“大姐，我还有事，明天再来看你。我的电话号码始终没有更换。”我和她匆匆告别。当我回头的时候，她就站在高高的一条巨石上，像瘦小的一棵老树定格在那。

王奎上了车，问我：“现场咋处理？”

我望着窗外风驰而过的灌木，低声地说：“把白骨用东西先盖上，停工。派人24小时看守，别让白尾鹞再叼走了。”车子颠簸不颠簸的好像没有了感觉，心里空落落的，忽然，我想了解了解白尾鹞这种怪鸟。随手打开手机，百度的信息很多：白尾鹞是一种对人类有益的鸟类，因为它们主要的猎物是山鼠、麻雀和其他谷物。这种鸟分布广泛，大多迁徙在森林或丛林里。其巢穴通常建在平原或山岭地区有平台的地方。它们对草原上的食物毫无兴趣。翅膀和尾羽极长，喜欢自由无拘地沿着相当无规则的路径滑行。从外貌看，比普通的老鹰要小，相对温和些。

看完资料，我忽然觉得，关于白尾鹞的种种传说，定义为神鸟或者沮丧鸟、不祥之鸟的说法，就是民间的流传，没有啥科学依据。

回到指挥部时，已经是太阳往山下走了。

马上组织继续开会。我一再强调，说问题、说措施、说困难、说想法，虚头巴脑的话别说了。现在工程到了关键时刻，已经举送变电公司的全力了。汇报一定要实，虚夸的一概不听。各位分指挥长结合负责的工程项目逐一汇报。我有心没心地听着，他们汇报的内容大多我都了解，因为自己始终没有离开现场。反复开会其实就是强调重要性。

我依然记得，刚上任时，董事长语重心长地说："1号工程是省委、省政府与国家电网公司签订合作协议后的第一项工程，是彻底解决全省高电压等级网架结构、优化电能配置的重点工程，国家层面以及社会层面高度关注，计划三年投资643亿元，特高压项目建设是其中的重要组成部分，农村电网和城市智能电网建设将同步实施。组织信任你，希望你能不负众望呀。"

使命与责任并重。我自己清楚在这么大的工程项目的建设过程中，临时换将，可以说是点兵之策。作为多年培养的干部，我当场坚定表态，坚决完成任务。

说得容易干得难。

大家汇报完，我点燃一支香烟。这是我已经戒烟十年后的复吸，妻子还不知道。自己的肺没啥大毛病，医生的建议是戒烟。烟雾慢慢散开。我一字一句地说："今天，跟大家宣布一件事情。我接到省公司安监部的电话，对塔基的安全事故，专家组将于后天再次进场调查。"语破惊天。会场议论纷纷。事情已经结束了，怎么还要"二返堂"呢？该处理的人都处理了，这是啥意思？稍稍平息后，我大声说：“大家静静，这次调查是有原因的，有人写信，请求再调查。我看这里有故事呀。我们的内部调查可能有走过场的问题。这个事情，是我负责的，这次调查大家一定做好配合工作。”顿时，大家都安静得像刚孵化出的小鸟，伸长脖子。

“王奎，你安排人去和山子和梁子深聊，要弄清楚当天发生的真实情况。”我说完，其他人好像也想介入此事。“其他各位副总，再次梳理是不是还隐藏着施工过程中瞒报的安全问题，连夜落实。”我对王奎说：“你和我去王大友家看看，带些慰问品。这里面可能隐藏着不可说破的大事。”我感觉，这件事之前的处理有点潦草了，上级第二次来调查，有点丢人。本想在会上讨论一下关于坟地白骨的事情，这眼下后天调查组就进场了，先忙乎完这事再说吧。

第二天，想再见见王大友。我不知道王大友具体住在哪里，上了车才知道他住在农村，不是住在城里，驱车要走两个小时。我眯着眼，想着心事。老爸和王大友的老爸是有联系的，由于工作繁忙，我始终也不知道具体啥情况，生活状况好不好。王大友到工地干活，想必家境不会太理想。我对司机说：“你有现金吗？准备两千块，回头，我给你微信转账。”我知道司机有带现金的习惯。司机点点头，我算是放心了，从感情上说，我还是要自己掏点钱，慰问慰问的。

沿河边简易公路东行，不大一会儿就到了村头。下了车，我们步行进村。

那是一个好大的村子，树木掩映，一座座房屋高低错落，随意地散布其间，恬静安详，村子前边是一条河流，粼粼波光直逼人的眼。

阳光明亮，山里的秋风凉飕飕的，落叶铺满地面，红彤彤的枫树叶格外显眼，就像猩红的血色，黄色的叶子是银杏树的，褐黄色的树叶从杨树的枝头飘落。村庄安安静静，人们大多外出打工，有点技术的就在工地上做工，离家不远，抽空能回家照看照看。村口的一栋青砖青瓦的房子在一条小河边，青石垒成的锅灶上，一人多高的烟囱破旧，露出的缝隙把周围熏得黑乎乎的。远远地，见王大友坐在屋前的轮椅上，一条高压线路在远处闪着银光，他望着后山出神。蓬松的头发乱糟糟的，深蓝色的衣裤映衬得那张脸更加黝黑。

远处的后山是正在施工的特高压线路经过的地方。王大友见到我和王奎时有些惊诧，干巴巴的眼睛里藏着东西，却没有说话。王奎上前拉着王大友的手，一阵唏嘘，说："王大友师傅，多年前我来这里给村子架设10千伏线路，第一次见到你就是在这里啊！那时，咱们都还年轻，你活蹦乱跳的，嚷着要干活挣钱，一晃儿这都多少年了。你的腿好些了吗?"

王大友眼里闪动着泪花，嘴唇哆嗦着，颤声说："王指挥，都怪我没注意安全，弄成这个样子，不能站起来跟你干活了，不能养家了。进屋说话。"

屋子黑魆魆的。

刚坐下，王奎动情地说："这么多年，你所在的施工队和我们合作，你是主力，好多项电网工程都有你洒下的汗水呀！病养好了，咱们继续战斗，大家都想你了。”我没有想到王奎竟然和王大友也认识。我也没有想到王大友的家竟然也在山里。

王奎从裤兜里掏出一个鼓鼓囊囊的信封，塞到王大友手里，说：“王大友啊，这是陈进总指挥的一点心意。他始终记挂着你。”

他颤抖着手，眼眶里汪着两潭泪水。他扭头擦去了泪水，说：“谢谢陈总指挥。”

他抬起头瞧着我，轻声说：“总指挥，不，哥。”泪水在眼圈里打转，我说：“我就是你哥，就喊哥。”眼前的王大友满脸憔悴，浓重的眉毛紧蹙在一起，好像有说不完的话。

“你们都出去吧，我和大友单独聊聊。”王奎笑笑，走出了屋子。

墙壁已经看不出原来的模样，细纹的缝隙里灌满了灰尘。木制的家具也许原本是黄色的，经历了岁月，已成褐黄色。紧靠着北墙，土炕和南面的窗户紧挨着，显得明亮。王大友试图从轮椅上挪到炕上，几次挪动下半身都没成功，我赶紧将他抱起来，轻轻放在炕上，让他躺下，养骨头的病，不能总挪动。伤筋动骨一百天嘛。他侧着身子，靠在枕头上。望着眼前的王大友，一种无名的滋味涌上心头。俗话说，人生有三宝：战友、同学和发小。我们两个是一起光屁股长大的，竟然在施工工地相遇。

愧疚感油然而生。

“大友，我记得，当时你们不是和你老爸搬到了另一个县城吗?”我知道对他的关心薄似纸。他并没有回答我。

“哥，我不想给你添麻烦，可是我家的情况……”大友竟然像个孩子一样呜呜地哭泣，我知道他一定有难言之隐。

“大友，咱们是发小，虽然后来联系不密切了，但是咱们的心是相通的。希望有些事情，你要实话实说。”我只是想让王大友知道，有啥事情，天塌下来，还有我顶着。

王大友脸上挂满了愧疚，酱紫色的脸上依然能够分辨出那一丝丝的红色。

他说：“哥，我说出来心里痛快，这已经压得我喘不过气来。”泪水竟然再次从眼前这个铮铮铁骨的男子汉的眼睛里毫无保留地流淌出来。

“你刚上任1号工程总指挥的时候，我就听说了。我和工友们提起你，他们既羡慕又嫉妒。但是我没有找过你，因为你当官了，我心里忐忑，怕你不认我。”说到这里，我能读懂他的眼神。

“我不想给你添麻烦。可是我……”他的眼神告诉我，他隐瞒着什么。

“哥，我是浑蛋，是我连累了你。”他的话突然又让我有些惊讶。仔细端详他的那张脸，早已经让岁月雕琢得饱含沧桑，小时候无邪的纯真荡然无存。

忽然，我想起一件一辈子都不能忘记的事情。那是一个秋后的傍晚，王大友和我背着家里缝制的布袋书包，鬼鬼祟祟跑到离学校不远的小巷里。那是我预谋的计划。一处低矮的围墙，伸出来的枣树枝条挂满了涨红的枣子，大得如牛眼，在阳光的照射下闪闪发光，早已经让我垂涎欲滴。王大友是我好不容易才说服的，他起初扭扭捏捏："那不是偷吗？"我说："你不说，我不说，谁知道？"要知道，那时候只有到了春节才能分到一个苹果或者一把糖。贪嘴的蛔虫始终在肚子里作怪。我让王大友一起"作案"的一个原因是，他个子比我高，能上墙。我曾经自己单独尝试了几次，都没能成功，只好找个"帮凶"。

王大友站在围墙下，还在犹豫，脸涨得通红，额头上挂着汗珠。"还磨蹭啥，快上墙，我在下面接枣。"王大友磨磨蹭蹭，依然不情愿。"你忘记了我给你的半个咸鸡蛋？哥们就要有福同享，快点呀。"我浑身燥热，左右瞟着，害怕让人发现。这个时候，大人都没有下班，这可是绝好的时机。王大友在我的催促下，甩掉书包，身子往上一蹿，一条腿就搭在了墙头上，再一用力，另一条腿也上去了。我在下面小声地说："快摘呀，找大个的枣子摘。"声音急促而紧张。他的手比我的大，三下五除二就将二十多颗枣子扯下来，哗啦啦丢在了地上，顿时撒了一地，我慌着将一颗一颗的枣子装进书包。他纵身跳了下来，就在我到了墙犄角，努力地寻找最后一颗枣子的时候，一双大手死死攥住了王大友的小胳膊。"小兔崽子，这是刘婆婆用来换粮食的，小毛贼，我都蹲守两天了。是不是之前的枣子也是你们偷的。"见势不好，我撒腿就跑，把他一个人丢在了"案发现场"。

直到天黑了，我才慢吞吞、鬼鬼祟祟地溜回家。看见妈妈忙活着做饭，悬着的一颗心才稍稍放下来，赶紧拿起扫帚打扫卫生，假装勤快。想必是，王大友没有出卖我。要是让妈妈知道了，她会剥了我的皮。妈妈看重脸面。

一夜都没合眼，翻来覆去睡不着，他们把王大友咋办了？

我早早在学校门口等他，他竟然没有来上学。难道让警察叔叔给逮去了？好不容易熬到放学。我迫不及待地找到他家。他趴在床上。“大友，枣子我给你留着呢，比我的多四颗。”我本以为他会高兴，不承想，他带着哭腔大声说：“你滚，我再也不和你玩了！”他试图站起来，身子颤抖着。我发现，他的屁股开了花。

“枣子都蔫了，快藏起来。”再三催促下，他勉强收了枣子。之后，他就不太愿意和我玩了。

想着心事，看看依然侧着身子的王大友，他好像也在想心事，那双眼睛里闪烁着捉摸不透的东西。王大友背对着我。

忽然，他转过身，他说的事情，吓我一跳。

那天傍晚，乌云密布，因为担心抱杆会倒，他们赶到施工现场。他跟山子和梁子干活麻利，放下那基铁塔的抱杆，开始下山。走到山下的小路上，意外地碰到了一个村民，拉着一车的粮食，被两头野猪挡住了去路，双方对峙着，而此时，天暗下来，马上就是倾盆大雨。谁都知道，野猪的攻击性很强，没有适当的工具很难制服它。王大友说，他判断野猪是饿了。一般情况下，野猪不会主动攻击人类，只有在感觉自己的领地受到侵犯时才会反击。那个村民在大吼大叫，并将一块石块抛过去，刚好砸到了野猪的前脚。顿时，野猪龇着牙发出瘆人的吼叫，那个村民吓得往后退。情况紧急，不采取措施，野猪会伤人。他们当即就捡了木棒冲了上去，想驱赶野猪。没想到，一头野猪凶狠地朝他王大友冲了过来，他还没来得及躲闪，一下子，翘起的长长的猪嘴将他顶翻了，他试图抓住野草，由于湿滑，人滚下了山坡……

这好像是在听“喜马拉雅”平台的有声故事，让人惊心动魄。让我没有想到的是，事情竟然是这样的。忽然觉得，有些事情往往是那样的不可思议。

我急忙反问道：“为啥当时不说实话，你知道，你这样做，给咱们指挥部造成多大的影响吗？”我知道，我的脸拉得老长，眼睛里蹿着火舌，恨不能将王大友烧化了。

王大友惊恐地缩缩身子，下意识地将伸出的腿往上抽，顿时，他缩成了刺猬状。

我马上意识到自己的失态。

“大友，你有啥想法说出来，于你个人，于整个工程都有好处。”

他稍稍平和，酱紫色的脸上挂满了无奈。

“对不起，是我的私心。家里实在是困难，当时，我知道自己伤得不轻，手术费少不了，我就和山子、梁子串通好了，谎称是在扯抱杆的时候伤的，公家就会给我治疗，就不用自己花钱治病，还能得到赔偿。那个老乡哪有钱给我治病呀！”

他接着补充说："这件事和山子、梁子没有关系，都是我的主意。"

我哭笑不得。

"你咋这么傻，本来是件好事，硬是往自己身上扣屎盆子。你是在处理抱杆回来路上发生的事情，施工队能不管吗？乱弹琴。"

如此想来，他们确实救了村民，只是为了治病的钱，编造了无奈的谎言。

如此一来，王大友的伤不是受白尾鹞的影响失足摔下铁塔造成的，而是在救助村民的过程中被野猪顶下山造成的，这就是见义勇为，意义大不相同了。

我忽然冷静下来，这件事不但要"翻案"，而且要对王大友嘉奖。

"对了，你说家里困难？啥情况？跟哥说。"

我觉得，我太自私了，一味地为了工作，竟然自始至终没有一句安慰的话。

"哥，实不相瞒，多年前，我爹因为施工摔伤，赔偿款对于治病来说就是杯水车薪，如今瘫痪在床，只能靠轮椅了，我妈体弱多病，我们两个孩子上学，日子过得不咋样。"

"你老爸不是在县城住吗？"

"施工队只给了零星的赔偿费，为了治病，城里的房子早就卖了。"王大友长出了一口气，好像压抑在心里的东西倒出来，轻松多了。

这时，一个弱不禁风的女子进来，想必是王大友的老婆，她也不言语，站在那瞧着王大友。

“做几样菜吧，这就是我说的，我们的总指挥，不，陈进哥。”王大友说的话，硬生生的。

“王大友治病的钱，你们不会收回去吧。”女人发出细微的声音。

“伤病一定要治好，治病的钱，我们全包了，还要奖励呢。”

我的话好像让她吃了定心丸，清爽爽地走了出去。

我起身进了对面屋，看看老人。屋里阴凉，光线昏暗，弥漫着一股难闻的气味。老人身上盖着薄被，灰色被面，灰色床单，灰白的头发，除了老人的脸，其他都是灰色的。我跟他说话，他“啊啊”地应着，还伸出左手握了一下我的手。他的右手动弹不了。他瘦骨嶙峋，手上的黑皮耷拉在骨头上，冰凉的感觉。我听不懂他的话，他说话不清楚。走出屋子，我长长地舒了一口气，因病致穷，这个家庭更需要温暖和爱心。

一袋烟的工夫，像变戏法一样，外面大树下，一张褐色的桌子上，一下子端上了七八个菜，有青椒，有西红柿，有马齿苋，有猪肉，自然还有鸡，摆了一桌子。王大友张罗着吃饭，对着纯天然的美味，我吃不出任何滋味，因为下午还要去工地，也没喝王大友拿出的酒，只默默地吃了几口菜，就离开了。

我的心中很压抑，那种压抑不可名状。我看到女人把王大友的轮椅推到了屋后，一直望着我们远去，我似乎看到了从他们心中溢出的落寞、希望和知足。

白天奔波在施工现场，傍晚回到指挥部，会议室灯火通明，要听取各组一天的调查情况汇总，起草报告向调查组汇报。

情况基本明确，很快就散会了。

夜深了，我躺在床上辗转反侧。其实，每一个人都需要关怀和陪伴，不只是家人，与自己风雨与共的同事同样需要那种平淡的微笑和肯定。

省公司派来的四人调查组准时进入，因为连夜进行了汇报，他们马不停蹄地分组，现场查看、分头座谈，并到山下的村子里找到了那个被救的村民。调查组没有找我谈话。第三天调查就结束了。村民的讲述跟王大友、山子和梁子的讲述完全一致。调查组明确起草报告，马上向上级汇报。

我异常高兴，我拼命地压抑着心中就要喷发而出的喜悦，克制着，没有在众人面前表露。送走调查组，我只身走上白尾鹞岭，远远望去，闪着银光的铁塔矗立在岩石之上，与周围的绿叶松涛融为一体，拔地而起的铁塔像巨人，将根深入岩层，巍峨挺拔。这是一次跨越高海拔的施工，我尽情地释放着压抑了多天的焦虑和愁苦。

“大山，我来了。”

惊飞了几只白尾鹞，在空中盘旋着向远处飞走了。

事情是一件一件做的。迁坟的事还没有解决，再棘手也要想办法，工期不等人呀。

会议室里，王奎涨红着脸，不知是谁说的，是不是打报告将塔基的位置重新选址呀。

特高压线路的铁塔怎么可能说挪就挪呢？那不是我能决定

的，就是施工项目部也没有这个权力。这个道理，即便我不说，王奎也是懂的。王奎马上大声说：“工程都进展到现在的程度，施工方案是通过多层审核的，这么大的工程临时改变方案，那是要挨骂的，竟出馊主意。”王奎这么一说，没有人再言语，这次所谓的紧急会议恐怕再进行也不会有结果。我站起身，示意大家散会。

明知山有虎，偏向虎山行。我只好叫上司机，朝着刘少英的家奔去。车子不徐不疾地行驶在山路上。山里的秋天深沉，繁茂的树叶有的依然翠绿，有的已经发黄。我心里乱糟糟的，对刘少英更多的是说不出的感情，是怜悯、是敬畏、是尊敬还是别的，好像都有。我让人打听的信息是，这里是刘少英的娘家，娘家没有近亲了，只有一个远门的娘家孙子辈的没爹没娘的半大小子帮着她干些活。想来她也是快七十岁的人了。这里的山林，之前她和我说过的，是养羊挣钱的时候承包的。这是她的远见，还是给自己提前找了归宿？她又为啥不和李玉林到城里团聚呢？

车子在村口拐了弯。远远看见，刘少英头上戴着红头巾，坐在一把木椅子上。我跳下车，刚想开口，发现她微闭着眼睛，阳光洒在她黝黑的脸上，发着点点的光亮。高耸的颧骨，干瘪的嘴。也许她睡着了。我不想打扰她，静静地找了一个木墩，坐下来，端详着她，生怕有别的动静，打扰了她的美梦。

望着远处的山，飘浮的云在低矮的植被上慢慢浮动。细细一看，原来是羊儿在吃东西。

忽然想起白尾鹞，本地流传的故事，好像没有美好的，听起来都怪怪的。我不得其解。

一个版本的故事，就是在村子里流传开来的。

20世纪50年代，和所有的农村一样，这里的百姓生活虽不富裕，勒紧裤腰带，但日子还过得下去。到了60年代初，渐渐地就不行了，除了交完公粮，全大队的社员都吃了上顿愁下顿，口粮吃完了，就上山摘野果子吃；野果子吃完了，就吃树皮草根；后来连树皮草根也吃完了，再也没有吃的了，有的人就想歪道打鸟吃。吃了白尾鹞的人，起初是浑身没有力气，接着是浑身起红疙瘩，奇痒难忍，没几天人就没了。可是好多人就是吃了白尾鹞的肉死掉，也不想当饿死鬼。那时，白尾鹞和天上的白云一样多，当时还不是啥珍稀鸟类。

几乎每天都有死人被埋在白尾鹞岭的东面空场，后来那个地方被叫作乱死岗子，也有人叫坟山。距离塔基挖出白骨的地方很近。据说，那时白尾鹞从四面八方的山林里飞到了坟山上，在坟头的上空盘旋着，铺天盖地，恍如流动的一大片乌云，“嘎嘎”地鸣叫，叫声凄厉悲怆。不知道白尾鹞是为同类被饥饿的人吃掉而悲鸣，还是为死去的人悲哀。

就在我打愣神的时候，刘少英醒了。

“陈进，你来了。”

“大姐，我来看看你。”

“你是为了那坟来的吧。”

我没有想到，刘少英竟然开门见山。我一时不知道咋回答，尴尬地站起来，望着远处的白云。

“你坐下，我给你讲个故事。”刘少英异常地平静。

我能读懂她眼神里的惆怅，和多年之前一模一样。

人不能和命较劲。她说得真真切切，我始终认为，她是一个不向命运低头的人。

但是，人可以改变命运。

刘少英开始了她的讲述：我爷爷年轻的时候喜欢倒腾东西，他是我们这地方唯一经常走出大山的人，将山里的果子、山货换回来一些生活用的红糖、肥皂、碱面等。他又是个热心的人，总是将换回来的那些稀罕东西，送给大家。他也是一个出了名的猎手，但他从不打白尾鹞。因为一次意外，他差点在泥石流中丧生。傍晚的暴雨狂泻，奶奶眼都望穿了，也还不见他的人影。突然，大雨中的白尾鹞湿漉漉地拍打着翅膀，一声声的嘶叫由远而近，直接到了家门口。这种现象从没有见过。在奶奶的潜意识里，这是告诉她爷爷出事了。奶奶后来说，那时就认定了，大鸟给家里报信来了，赶紧找人，众邻居闯进大雨沿着白尾鹞一路的嘶叫声往外走，在一道岭的下面发现了被压住的爷爷。从那时起，爷爷经常去白尾鹞岭。爷爷曾经说过，白尾鹞不能吃，那是神鸟，那是有着与人灵气相通的不一样的鸟。

饥饿的年代，很多人吃了白尾鹞肉死了。有人说：“那是白尾鹞把人的魂魄招走了。”那些人没有听爷爷的话。爷爷说：“那不是白尾鹞在招魂，那是长时间肚子里没有食物，突然之间暴食的是肉，一时消化不了，那些人是撑死的。”

爷爷后来带着我走出了大山，他说：“大山是脊梁，大山是男人。但是，养不活自己的儿女。”爷爷主张，把我送到了他曾经去过的平原。他跟我的养家说，能养活就行了。后来，我就结婚了。有了儿子李刚，在他五岁的时候，我带他回娘家，进了大山，他竟然跑到山坳里，成群的白尾鹞在空中盘旋，他不但不害怕，竟然一只两只地数数。爷爷说，他的血液里流淌着大山人的血，他注定与大山有缘。

也许，我就不应该离开大山。如果不离开大山，也就不会有这个儿子，也就不会有他早早地走了的遗憾。

我不知道，刘少英在杜撰故事，还是确有其事，听得我云里雾里。

不过，让我明白的是，那堆白骨是她的儿子李刚的。

她突然不再说话，发呆。

远处层林尽染，错落有致的树木用最后的绚烂留恋着秋天，因为它们知道寒冷的冬季马上就要到来，它们将冬眠在漫长的冬季，给不了绚烂的繁华和热闹。

我不知道如何搭腔，也随着她的眼神，望着远处的大山。

时间仿佛凝固了，她始终保持着一个姿势。直到夕阳钻进树林，她好不容易从梦中醒来。

“我累了。”她说完，径自走进了屋子。

秋风从树林那边急匆匆地到了眼前，我看见屋子里没有一丝的灯光。我怪异地感觉，她好像走进了冰冷的世界，那不是她想要的，我急迫地想追上去，将温暖的光照亮她。可那道光躲躲闪闪，我拼命追上去，攥着那把光，洒在她的头上，让她瞬间变得美丽，像我第一次见到她的样子。

空中像撒了一把星星，白色的芝麻粒一般，一闪一闪的。星光勾勒出远山的轮廓，雾蒙蒙的，好像一幅画。河水一点声音都没有，恍如静止了一般。有星星掉进了河里。

黑暗中，好像从夜空飘来好多的人，他们在说话，我却啥也听不见。他们慢慢地走远了。

在那片黑影消失的方向，轻声地哼唱飘过来：

白尾鹞　白尾鹞
不落西坡落北坡

白尾鹞　白尾鹞
啼哭叫声落哪坡

白尾鹞　白尾鹞
哪坡落泪就哪坡

寸断愁肠万般事
野岭荒坡安放家

歌声仿佛从地下升起，袅袅升空，穿过头顶上硕大的树冠，飘到了空中，飘散在绵延望不到尽头的白尾鹞山上，消于无形，然后又聚拢起来，返回山坳，回到松树下，归于地下。歌声浑厚沧桑，充盈着沉甸甸的黑色，异常感伤，好像飞到了后山坡的坟山上。虫吟犹如缕缕无形的丝线，时断时续，把山坳阒寂的夜色缠得越来越紧。

那晚，我开了一夜的灯，她安详地睡着，像刚出生的婴儿，我静静躺在她的身旁，也安静地睡着了。好像在梦中，她拉着我的手，说了一夜的话，直到破晓，她脸上挂着微笑，我静静地感受着温暖，是光和她带给我的。

几天后，一切准备就绪。按照白尾鹞岭的风俗，在坟坑的上面用一块硕大的白布遮盖着，四个人一人拽一个角，在风中扑棱棱地响，刘少英自己跳进坟坑，一根一根往外捡骨头，那张干瘦的脸平静如水。拾起的骨头放在一口木制的小棺材里，棺材的内壁糊着一层白纸，老人们说，那是赤裸裸地来、干干净净地走，白纸代表着纯洁。

“四十二块骨头。”

刘少英声音细微，但在场的每个人都听见了。

小棺材埋在了距离塔基几百米开外的崖口。那是风口的地方，周围光秃秃的。所有人都好奇为啥埋在那里。那个地方是一道岭，那是白尾鹞岭，与高大的塔基遥遥相望。

几天之后，那座沙石堆起的坟前，立了一块石碑，红色的字不大，但醒目。护线人之墓。没有李刚的名字，这是我的主意。刘少英说，这是给了李刚最好的名分。她说，这是她的要求，唯一的。

那天，几十只白尾鹞在空中盘旋，忽上忽下，一声声长鸣，恨不得刺破日头。

我和刘少英并排站立着，迎着风。她面带微笑，就像阳光里折射出的光，五颜六色的样子，我也涂成了画里的人物，就像李玉林笔下的大鸟，出神、生动。

她说，儿子在电力公司干过劳务派遣工，他喜爱电力这个行业，如果没有那次意外，也许他早已经成了土专家。让她的儿子在银线下，守护着塔基吧，让他和白尾鹞都成为守护者。她心安。

石碑立了。

迁坟立碑，这个条件我答应的。

我不知道这样稳妥不稳妥。工程建设紧迫，我只好按照她说的办了。

我突然想起那首《白尾鹞岭落》，我试着哼唱，道出自己的心声。

白尾鹞　白尾鹞
不落西坡落北坡

白尾鹞　白尾鹞
振翅翱翔入云廓

白尾鹞　白尾鹞
传唱故事多人说

驱云拨雾极眺望
铁塔银线荡千秋

我站在一块高高的梁子上，目光扫过成排的白尾鹞，它们无意间落在石碑上、坟上。我瞬间呆住了。

山脚下，昨天还明澈的河水，安静无声，现在露出了河床中的沙子，金子一样闪光。

远处，传来洪亮的声音，那是一条喜讯，和我、王大友有关。

因为，昨天我已经收到信息，我们两个人“中奖”了，上级，不仅仅是省公司，还有省总工会的表彰文件下来了。我想，电网建设的很多工程几乎都和老百姓发生这样那样的关系，他们的支持也是一种力量。刘少英也应当站在领奖台上，延续着她曾经的辉煌。

远处的大山，安静了。我身在其中，好像湮没在丛林中，渺小得看不见。

第三章

如果说，诗和远方是期许，那么意外总是来得匆忙。历经两年的特高压工程全面竣工，还没等我组织送变电公司召开总结大会，一纸调令，我被派到了偏远的山区，任命县供电公司总经理，钻进了山坳。一时间关于我的议论铺天盖地，有褒有贬。我已过了知天命的年龄。领导下的是啥棋？一头雾水。

心累，才是真的累。

小区的路灯明亮，抬头望向眼前的大楼，家家灯火通明，每一扇窗都闪烁着温暖的光。照亮万家，点亮万家，这些熟悉的字眼在心头涌动。通往家的小路既熟悉又陌生，已经半个月没有回家了。打开房门，客厅黑乎乎的，只有玻璃窗透进来点点的光亮。也许郝丽还没有回家。疲惫的身体，疲惫的心，打开客厅的灯，干净整洁，这是郝丽的习惯。我匆忙脱掉外套，推开卧室的门，郝丽侧着身子躺着，依旧没有开灯。

“郝丽，身体不舒服吗？”

我上前俯下身子，郝丽仍没有言语。一向善解人意的妻子，这是咋了？

就在我刚要掀开被子时，郝丽突然坐起来，大大的眼睛里噙着泪水，大声斥责道：“你是不是腐败了？是不是犯啥错误了？”原本温婉的脸扭曲成南瓜状。

“我啥情况也没有，你是说这次工作调动的事情吧。”我刚说完，郝丽从床上跳下来，怒目圆睁。

“陈进，我们是几十年的夫妻，你说实话。别说你们电力系统，就是全世界都知道你被贬到了农村。没有问题，可能吗？”我突然感到和自己相濡以沫的妻子是那样的陌生。她都不信任我，你说，这个世界是多么的可怕。

压抑在胸腔的郁闷瞬间爆发，一股无名状的火气在动脉里，连通着全身的静脉，在体内躁动，瞬间被点燃。

“我他娘的，还想知道是为了啥，特高压工程我在现场整整100天，每天提心吊胆、如履薄冰，生怕安全出问题。我容易吗？”

郝丽瞪着大眼，像一头发疯的母狮，竟然将床头柜的东西全部掀翻。

“听到信儿，老爸就住省人民医院了，现在还在医院，你说，你管过这个家吗？孩子、老人你过问过吗？他们的生日你记得吗？”

我无言以对，强压着怒火。

“你若真没问题，咱辞职不干了。你没有问题，审计咋介入了？”

我知道肯定是王奎将这次调动的事情告诉她的。

“离任审计是正常的。只有在职不够一年时间的才免于审计。”

我简直不敢相信，本是正常的事情，咋就变味儿了。

“我告诉你，我顶天立地，我没有问题。要相信组织。绝对没有问题。”

说完，我摔门而去。

夜晚的灯光闪烁、耀眼，汽车依然川流如梭，沿着路灯延伸的方向，我缓慢走进潮湿的夜。但走进一个人的心里真的很难。过往的点点滴滴在眼前闪过，就像是一部人生的纪录片。心情稍微舒缓，情绪稳定些，一种无名的滋味涌上心头。人生的路就像是一次旅行，难免会经历暴风雨的肆虐，难免会对陪伴的人有所疏忽。倚靠着电线杆，望着夜空，想着心事。一个人的每个阶段都要总结，路的前方永远都是当初的目标，走下去，好好走下去，自然会在经历的某个节点得到心里想要的东西。

夜色浓了，我悄悄地赶到省人民医院，从护士站打听到老爸的病床号，病床上的老爸是自己的依靠。老爸是“老电力人”，对自己的挂念是纯粹的。

病房的灯光泛着黄色，老爸躺在靠门口的床上，好像已经睡着了。看着他瘦弱的身体，被白色的床单包裹着。两代人的电力情结，两代人的彼此牵挂。电力，这个特殊的行业，让多少人在抢修、建设的过程中，忽视了家人，不是铁心肠，只因守护万家灯火是肩头最重的责任。

走出病房，走进夜色，我仿佛看见眼前的灯光格外的明亮，奔赴新的岗位，坚守自己当初的诺言，沿着光的方向往前走，追寻的光，是有温度的。

到达新岗位的第二天，就参加了县长办公会，山区要借势而为，大力发展风电项目，供电公司要在电网规划上超前考虑，确保每一个项目都能如期投运。

散会后，回到单位，我将自己锁在会议室，迅速熟悉全县电网网架基本情况，重要的是要马不停蹄地下基层，掌握第一手材料。直到晚上八点多，电话铃声打断了我。

“您好，我是国投风电项目总经理侯天宇，您刚履新，我们的项目已经被省里确定为新能源建设重点工程，推进有点缓慢，您给多关照呀。”

我还不了解情况，只好客气地说：“我们就是做好服务，您放心，我们会大力支持。”

放下电话，我拨通了发展部主任朱军的电话，告诉他现在马上把国投风电项目的所有资料给我送到会议室。

“现在吗？”对方有些迟疑。

“马上。”我挂掉电话，望着窗外，客户的事就是我们的事，一定在营商环境方面做得精准。我心想：这个项目如果推进顺利，对方不会给我打电话，这里面肯定存在问题。我忽然觉得，越是在基层，越能发现问题，只要把工作做好，更有成就感。

半个小时后，满脸汗津津的发展部主任朱军将一大摞资料放在会议桌上。

"您还没有吃饭吧，要不先休息会儿。"朱军关切地说。

"你给我先介绍一下，全县的风电项目情况，国投风电项目啥进度。"我一本正经地说，屁股没有离开椅子。

朱军看出我很着急，急忙介绍情况：目前，全县申请风电项目有五项，国投风电项目是第一个正式办理手续的。这个项目在一年前启动前期工作，在项目路径方案上出了问题。这个项目有两个备选的接入变电站，一座是韩庄220千伏变电站，另一座是如京220千伏变电站。韩庄220千伏变电站位于县七里海湿地的缓冲区，周边是生态保护的重点区域，从地理位置上看，如果接入该变电站，线路路径势必要途经生态保护区，这样就触碰了生态红线。此路径根本行不通。如果选择另一个变电站，需要接入临县的如京220千伏变电站。跨行政区域还没有先例，需要县市甚至省里对口审批一系列手续。恐怕凭咱们供电公司是很难协调的。之前我们协调、修订方案、再次报审、再次被"再考虑"，跑政府、跑委办局，一直都是举步维艰。这个事就这样卡住了。

"作为落后的山区县，如果不借势这次能源革命的机遇，发展恐怕是句空话。排除万难，第一个项目必须打好漂亮仗。明天，你和主管领导单独再和我汇报，商定解决途径。"说完，我示意他先回去。

会议室空荡荡的，顿感饥肠辘辘。

我沿着街道走，烧烤的味道弥漫了全街。走进一家烧烤店，我找了个偏僻的位置刚刚坐下，朱军站到了眼前。

“你怎么没回去，这么晚了。”

“您还没吃饭呢，新上任就这么辛苦，陪您说说话。”朱军四十多岁，两鬓已经有了白发，眼镜后面是关切的目光。

片刻，羊肉串和烤蒜、烤菜散发着诱人的香气被端上了桌。朱军早已打开啤酒。

我先吃了一个烤饼，肚子里没食。山区的烧烤吃起来比城里的要实惠、纯正，羊肉串就是羊肉的，不是那种鸭子肉外面涂了羊油。

自己刚参加工作就在清塘县农村，转来转去，如今又转到了最基层工作，吃上这难得的烧烤。

“陈总，我说句不该说的话，风电项目涉及部门多，水不浅。”朱军的眼神是真诚的。

“咱们就是为了客户，凡事从公正出发，不怕。”我想还是要打消他的畏难情绪，“需要我一把手出头协调的，我没问题。关键是大家劲儿要往一处使。风电项目必须纳入督办考核，实行分管领导包干制。”

朱军将杯中的酒一饮而尽，好像能够感觉到我势在必得的决心。

“陈总，这偏远地区，干部就像流水的兵，三两年就换人了，大家都觉得来的领导是‘过渡’，有些工作就推着走。我看您不一样。”

我将半杯啤酒喝掉。

“干不干工作，职工心里有杆秤。发展部事关电网的总体规划，没有超前的意识和发展的眼光，干不好。咱们不多说，靶子看箭吧。”

肚子微鼓，里面除了烧烤就是啤酒，咣当咣当的。

夜色渐浓，稍有凉意。

微醺，我没有打车，信步走在安静的大街上，大城市的夜生活恐怕才刚刚开始，这里已经是静悄悄了。加快脚步，回去再梳理一下一天的事情，明天继续战斗。

从早晨开始，跑了一天的施工现场，顺道看了两个供电服务中心，总体的印象是：基层的同志们人实在，说不上躺平，感觉工作不活泛。刚进办公室，王江的电话就到了。

“陈总，我到了，给您发了位置，陈副县长下午六点半到。”

“好，我马上过去，这次让老弟跑这么远的路，辛苦，晚上我安排了住宿，咱哥俩好好聊聊。”

王江就是原来清塘供电公司的办公室主任，如今是分管建设的副总经理了。他是我搬来的救兵。陈副县长和王江是大学同学，两个人关系密切。

小巷子是弯弯曲曲的，在半山腰。山里太阳落得早，一座古色古香的木制建筑在黑魆魆的夜色里，别致、安静。房间的灯光是暖色，温馨。和王江寒暄刚坐下，陈副县长就到了。

三个凉菜，三个热菜，三个人。浓重的酒香弥漫在不大的房间里。

陈副县长和王江身材相似，胖胖乎乎，透着实在劲儿。

“今天，算我给陈总接风。我买单。”说完，他的脸上挂着微笑。

“我初来乍到，你们是同学难得聚聚，这个单还是我买为好。”

王江插嘴说：“这里是你俩的地盘，我可就带着嘴吃了。”

三个人都笑了。

陈副县长不急着端酒杯，慢慢地说：“规定不能破，那是红线。说是喝酒，还不是谈工作的事情。我掏钱。”

我没有再说啥。

“电力系统由我分管，有些事情我做得也不够。基层调研少，我得自我批评。关于国投风电项目，由于它的特殊性，推进有点慢，供电公司没少费力。我已经向县长汇报了。陈进呈报的文件我已经阅签了。关键是路径问题和临县供电公司消纳电力负荷的问题。”陈副县长瞧瞧我，继续说：“你提出的四点建议我都同意。一是由你们公司向临县政府致函，申请路径方案批复；二是两个县的供电公司主要负责人走访规自局、工信局、县政府，协调具体事项；三是促成市工程建设指挥部召开专题会议，协调整体工程的路径问题；四是成立县风电项目指挥部，抽调各部门人员，联合办公，实现信息资源共享，打破壁垒。”

我没有想到，提出的四点建议都被采纳了。看着眼前头发稀疏、脸色红润的陈副县长，得到他的肯定，让我对尽快推进这个项目有了信心。我早已经在心里暗下决心，推进这个项目就是我新官上任的第一把火。

我忙招呼着喝酒。

王江频频举杯，我的工作经历在他嘴里变成了说书，三个人不时地开怀大笑。办公室主任就是不一样的材料锻造的，协调能力超强。

陈副县长也道出了他的心声："全县地处山区，经济发展相对落后，但恰恰处在燕山山脉风口，是发展风电项目的最佳地段，恰逢清洁能源得到大力推广，这是难得的发展机遇期。经济发展，电力先行。供电公司的任务不轻松呀。"

我端起酒杯动情地说："政府搭台，我们唱戏。供电公司全力以赴。"我刚说完，王江就说："陈进总经理是一个办事认真的人，这次空降，也许是领导的一步怪棋。"

"你又取笑我。我就是那块砖，哪里需要哪里搬。"我说完后，三个人碰杯，一饮而尽。

"你这词，颇有年代感呀。"

酒喝得不多，我们不时地回忆起过去的青葱岁月。

夜色深了，不时传来鸟的叫声，在空旷的夜晚，穿过丛林，有一种空灵的感觉。

王江坚持要连夜赶回去，推说明天有现场会。我推算他恐怕要凌晨到家了。

宿舍是一栋土灰楼。异地的领导干部一般一周或两周回家一次。县政府统一安排了宿舍楼，我的宿舍在二楼，临街的窗户打开着，刚进屋，外面就哗哗下起雨，拍打在叶面上。来不及喝口水，赶忙给王江发去微信：雨夜，路滑，慢行。

刚发完，王江就发过来个笑脸，紧握的双手，马上出现在屏幕上。

我躺在床上，辗转反侧。也许是年龄的原因，睡眠越来越差，夜里反反复复地醒，搅得第二天头晕。

忽然想起妻子郝丽。她早已经原谅了我的那次摔门而去，三五天来一个电话。人到中年，夫妻之间的问候，也成了一种舒缓剂。她说她更年期到了，时不时地出燥汗，易激动。

我给她发微信：睡了吗？

还没有等到回信，我便睡着了。

事情没有想象的顺畅。

临县始终没有回复申请路径的请示，发展部主任朱军跑了几趟，都是应付说在商量。县长给临县的县长通电话，我在场，对方推说他没有意见，主管副县长坚持不同的意见。路径在临县，而且风电项目发电后，要在他们境内的变电站消纳容量，他们没有利益可图，也难怪。

区域发展没有大局观，各自割据，发展恐怕艰难。

早晨，在办公室打开全县风电项目的分布图，那些红点标志搅得我头疼。这好像比在野外施工还难，需要各种协调。望着窗外摇曳的树木，我突然想起，董事长和我谈话时明确说，有困难，随时找他。我当即决定，去一趟省公司。

等我赶回公司时，夕阳已经躲在了树林里，往返四个多小时，心里的那份窃喜，让心情一路高涨，在路上接到了县长的电话，明天他去找副市长做专题汇报。一股力量在支撑着这个项目，未来不管哪个环节都要考虑充分、论证充分，不能有任何闪失。

推开办公室的门，我让发展部主任朱军马上过来。

朱军皱着眉悄悄进来，脸上挂着疲惫。

“陈总，我们尽力了，可推不动呀。”

“副市长要组织专题会议，路径问题应当不会成为障碍，后续的环节还有哪些问题?”

我示意他坐在对面。

他认真地说:“按照新修改的方案，从如京220千伏变电站出线，需要建设220千伏及110千伏同塔四回路线路，需要临县规划确定高压走廊，再下一步就是施工了。另外，国投公司他们也要完成转换站建设和工程验收。”

他接着补充说:“工程设计投产时间是今年年底，这是客户的要求，也是市发改委下发文件的时间。”

我点燃香烟，心想：后续的任务依然很重，满打满算还有80天的时间。

“制定倒排工期表，看看施工力量，招投标手续的进度按周汇报、督办。”这项工程已经牵扯了很多的精力，目前从市政府到县政府，甚至是省政府都在全力以赴，必须关死后门，一个节点一个节点地把控，没有回头箭，必须一路向前。

一晃儿，气温骤降。风电项目步入正轨。稍微喘口气，我计划着到供电服务中心调研智能表轮换的情况。这天，我刚上车，朱军拦住了车，气喘吁吁地说:“线路架设工程被迫停工了。”

我大声说:“线路路径不是由国投风电项目部负责协调吗?

县政府会议纪要都下发了。”

朱军站着不语。

“啥情况，快说。”

“如果再停工五天，后面的节点恐怕都不能如期完成，并网送电也会泡汤。”

我理解朱军的担忧，这不能不考虑。

“明天，我去现场看看，回头，你联系国投公司的人，让他们加大力度。”

我心里跟明镜一样，肯定是老百姓占地，阻止施工。

第二天早晨，车子驶进大山，褐黄的叶面上覆盖着一层薄冰，在风中发出咔咔的声响。马上就到新年了，这也意味着工程要马上收尾了。国投的老总一天三个电话来求助。他诉苦说：“人生地不熟，和老百姓打交道没有经验，供电公司经常和老百姓有联络，有一定的感情基础，请求帮忙协调。”

我没有推辞。

让我没有想到的是，这次阻工的人竟然还是刘少英。真是难解的冤家。路面湿滑，车子左摇右摆的，如同不安分的心，既急切又忐忑。

远远地看见那排房子，羊圈里的羊悠然安详。一个半大小子在羊圈里忙碌，大红的棉服老远就能看见。我知道那是刘少英收养的孩子，也许这个孩子就是支撑她活着的唯一理由吧。湿滑的路面，脚下就不稳，我小心翼翼地推开房门，里面空荡荡的，只有炉火上的水壶发出滋滋的声响。

转身走出房门，迎面的风凉飕飕的，阳光将眼前的大山照得瓦亮，远处伸展着翅膀的白尾鹞自由地在湛蓝的天空飞翔。沿着小路往山上走，我努力找寻她的身影。小松鼠偶尔会在枝头剥开松子，然后调皮地窜来窜去，好像并没有在意我的存在。

刘少英一定不会想到，我依旧是来给她找“麻烦”的。

远处忽然发现一点红，由远及近，渐渐清晰。那是她，裹着红头巾的女人。

我大声喊她，沙哑的声音在空旷的山谷回荡，忽高忽低，唉……

阳光直射，我们两个人都没有了影子。她佝偻着身子，尽量将腰挺直，但还是驼着背。

“你咋来了？工作不忙，这都快两年没见了。你的头发也白了。”她的关心让我心酸。

“大姐，真的是想你了，我调到了临县的供电公司，这不刚有空就来看你。”

她疑惑地看着我，嘴巴动动。

“在哪儿都一样，就是离家太远了。”她干瘪的手攥紧我的大手，缓慢地往山下走。明显她是在暗示我，在哪里工作都一样。

“天冷了，年关快到了，一年又没了。”她好像是在和自己说话。

我挽住她同样瘦弱的胳膊，坚硬的骨头有些硌手。

“大姐，你给我留着好吃的没有？”我看她走路还是老样子。

“月饼是没有了，一会儿咱涮羊肉。这可是纯绿色的羊肉。”

她说得好开心。

我接着话茬儿说："涮羊肉好呀，李时珍在《本草纲目》记载，羊肉能暖中补虚，补中益气，开胃健身，益肾气，养胆明目，治虚劳寒冷、五劳七伤。"

我知道，我是在找话题，刘少英并不关心这些。

足足走了一个小时，才到羊圈。

"冬天，羊吃饲料吗？"我忽然好奇羊是怎样过冬的。

"房子后面是成垛的玉米秸，大雪天为了增加热量，添加饲料。"

她眼里的每一只羊好像都是她的孩子。

房间暖和，她缓慢地摘掉红头巾，冲着我说："你肯定有啥事情找我，咱不急，煮羊肉。"

她将铜盆放在炉火上，加半盆水，瞬间，水汽弥漫全屋。

她推开房门，冲着外面大喊："刚儿，吃羊肉了。"

不一会儿，被叫作刚儿的孩子冲进来。黑瘦的脸，大大的眼睛，浓黑的眉毛，是英俊的少年，就是说话不清楚。

"奶奶来客人了，就有羊肉吃。"他说话瓮声瓮气的。

"爷爷是领导，也是我的大兄弟。"刘少英说得清清楚楚。她还是把我当弟弟。

羊肉放在沸腾的锅里，马上变了颜色。

"夹肉，老了嚼不动。"她一个劲儿往我碗里夹肉。刚儿狼吞虎咽。

"大姐，有辣椒吗？"我刚说完，刚儿就冲了出去，带着热气。当凉气卷进来，他手里攥着一把干辣椒。

“把辣椒就放在铜锅边上，一会儿就烤好，别烤焦了，炉火太旺。”她也接过去几个红红的辣椒。

“刚儿就是有眼力见。”她夸奖着他，看着他稀里哗啦吃着羊肉，满心的高兴。

刘少英夹着肉跟我说：“刚儿，小时候发高烧，影响了智力。父母出车祸，他成了孤儿。按辈分是我娘家孙辈。没有他这个羊倌，我是玩不转了。羊都听他的话。”

边说边聊，太阳就偏西了。

她不急着收拾碗筷，闭着眼打盹儿。

“大姐，今天晚上我住您家，好好唠唠嗑。”

她不睁开眼。

“今天走路累了，好呀。”

天彻底黑下来，炉火依然旺盛。刚儿早早到对面屋睡了，细腻的鼾声此起彼伏。

我和刘少英盘腿坐在土炕上，我靠着棉被垛，微弱的灯光洒在屋子里。

“大姐，我又有事求你。”我的语气尽量平和。

“早就料到了。你是电力的领导，还不是为了施工的事。”她说得平和。但话锋一转，厉声说：“我咋就跟你们绕不过去了？山是我承包的，都拿大帽子压我。”

我突然意识到，施工单位没有和她沟通好。

沟通是一门学问。

“大姐，这项风电项目是省政府的重点工程，是能源转型的代表性工程，是造福子孙的工程。”

我话没说完，就让刘少英打断了。

“别和我说大道理。占我的承包山地，给赔偿不?”

“给，一定让你满意。”

“陈进，你我几十年的感情，我不胡搅蛮缠。强行施工，我心里的坎儿过不去。”

刘少英浑身颤抖，这次是真的生气了。

她接着说:“这是政府工程，你瞎操心。”

我赶紧解释:“大姐，这项工程是跨区域建设，项目归我们管，线路走廊在您所在的县。”

我赶忙下炕端杯热水递过去。

她闭着眼，摆摆手，想稳定稳定。

我推开门，寒气直冲脑门。

我拨通了施工项目部经理的电话，质问是否有强行施工的情况，对方吭哧吭哧也没说出几个字。

“工程建设紧迫也不能胡来，老百姓的思想工作没有做通，不允许施工，你们当耳旁风呀。胡来。”

施工前期不处理好，净给后续甩尾巴，竣工后就容易出现信访问题，屁股都擦不净。

进屋时，大姐侧着身子躺着。

“大姐，心脏还好吧?”

“没事了。你上炕，下面凉。”

我脱鞋上炕。

刘少英将来龙去脉告诉我。原来从如京220千伏变电站的出线，有四基铁塔在她承包的山里，其中一基铁塔正好在一条小路上，那是通往白尾鹞岭必经的一条小路。她说："堵死路，我咋看儿子呀，我和儿子还有好多的话要说呢。钱不钱的对于我来说，没啥用。不让我和儿子说话，天塌了也不行。"

我明白了，那是通往李刚坟墓的小路。白天，也许她和儿子唠嗑去了。

"大姐，这件事我处理，您放心，您去白尾鹞岭的路要建成一条公路，让更多的人知道白尾鹞岭。我们的大山要开发，让更多的城里人来天然氧吧度假。"

刘少英笑笑说："你也糊弄我，你也会吹牛了。"

"大姐，你们县里的规划已经得到了审批，那个规划我亲眼见过。开春就施工了。"

"我累了，你睡觉前把灯关了。"

我把棉被给她盖好，她睡着了。

走出屋子，大山就在眼前，寒冷的风让我越发的清醒。修一条路直通白尾鹞岭，让生态旅游火起来，安装上路灯，弯弯曲曲，像一条飞架大山的火龙，闪着光，照亮整个山岭。试想，将两个县串起来，建设一条生态旅游之线，靠山吃山，也许刘少英的羊圈会成为新的网红打卡地。

远远的街灯亮了，

好像闪着无数的明星。
天上的明星现了，
好像点着无数的街灯。
我想那缥缈的空中，
定然有美丽的街市。
……

更多的人追寻着那条伸展到大山深处的火龙，追着光，追逐着梦想。这些人里就有我。

我忽然醒目，不知道刘少英该如何走完她剩下的路，她需要那束光的照耀，在天上的街市，照亮所有的空间。

站在岭上，泪水像飘起的雨丝，飘落白尾鹞岭，飘落在那个坟包上，飘落在那块石碑上。

试想，霞光万丈的初冬，定是红叶燃遍全山，孕育春天的到来。

第四章

人到中年愁苦多。

时光流逝，我被调到了省公司，感觉工作一切都顺风顺水的。老爸老妈虽然年事已高，但都能自理，依然过着小城的安稳日子。我们将家安在省城。儿子陈小进在供电服务中心工作，他有一种坚韧的劲儿，从基层巡线工干起，连年的绩效都是A。为了避嫌，当初陈小进分配工作时，我特意打招呼，将他分配到最基层。陈小进没有埋怨，这让我十分满意，可妻子郝丽是一百个不满意：谁家孩子不安排在城区，你是后爹呀。特别是陈小进被安排到农村任第一书记，一向明事理的妻子和我怄气，说这也不关心她，那也不照顾她，还说儿子也是一样，没有一个靠得住。我当时很郁闷，不知道妻子为何变成这个样子，与以前判若两人。以前她不是这样，一直任劳任怨、勤俭贤惠地在操持着这个家，从不叫苦叫累，从不埋怨我们父子俩。后来妻子却突然变了，一开始我很不理解，很不适应。偶尔与她“唇枪舌剑”，越对着干，她的情绪越激越、越激愤。我起初以为她是退休综合征，渐渐觉得有点不对劲，可是绞尽脑汁也理不出头绪来。

后来，我主动转变态度，跟她讲好话，说自己这也不对，那也不是，勇敢地承认自己所谓的“缺点”和“错误”。可还是没有用，她依然不断地数落我所谓的“不是”，并且疑神疑鬼的。她还常常骂儿子，说儿子狼心狗肺，只顾自己，也不晓得早点结婚给她生个孙子，让她一个人在家孤孤单单、可怜兮兮的。

陈小进没有办法，只好每周往返一百多里路，尽量回家陪伴她。看着黑瘦的陈小进，我知道，儿子大了，懂事了。我能不出差就不出差，也尽量陪伴她。

我们父子俩思来想去，怀疑她的大脑是不是出了问题。

越是担心的事，越容易发生。妻子因脑瘤在医院开刀，那是一段让我怎么也想不明白的事情。郝丽为人处世平和、为善，怎么让她受此磨难和病痛。

医生告诉我们手术很成功，恢复半年后再来检查一下。我们父子俩得知这一结果后，非常高兴。半年后再去复查，医生说恢复得很好。原本以为事情会就此好起来，可再次去复查，除了检查大脑，还对她的血液和神经系统作了检查，结果医院诊断为：垂体瘤术后伴发中度抑郁。建议是注重休息，避免劳累、刺激。

郝丽查出患有抑郁症，我几乎没有出过差，每晚必定回家陪她。儿子也是经常从乡下赶回家，陪妈妈说笑，哄妈妈开心。经悉心的照料、呵护和药物的调理，郝丽急躁焦虑的情绪、多疑猜忌的思想开始有所缓解和放松，逐渐向平和和稳定发展。难得的温馨又拉了回来。

有时回忆在医院照顾郝丽的日子，过去一幕幕、一桩桩的往事，不断地在我眼前晃动，不断地撕扯着我的五脏六腑，让我寝食不安，思绪难平……

有时，郝丽会突然冒出哪年陈芝麻烂谷子的事情。我猜想，她脑子里想的事情都是灰色的，没有一件让她高兴的事情。我也听说，得抑郁症的人会反复想一件事情，自己不容易钻出死胡同。

一波连着一波，郝丽又出事了。这次是和儿子怄气。

梨木台的梨花染遍整个山脊，远望去，如同进藏山口的冰雪，白茫茫一片。梨花带着灵动，如同郝丽的心。

郝丽从梨木台景区东侧弯弯曲曲的小路上山，羸弱的肩头是鼓鼓囊囊的双肩包，手中的望远镜迫不及待地向前伸展着。她是中午从蓟州县城搭车的，一路上没有和司机师傅搭话，尽管司机不厌其烦地讲解梨木台景区的奇峰怪石、翠绿碧野以及抗日根据地的故事。她目不斜视，也不搭腔，眼睛瞅着前方。搅得司机也没能弄明白，她好像对这些不感兴趣，来梨木台不是为了看风景吗？

郝丽不是牛，即使是牛也拉不回来。

对面山上，青翠松柏的间隙是一条高压线路，斜着身子，落在眼前的峭壁上，直挺挺的铁塔好像在岩石里扎了根，线路一直伸到绿野深处。

小路沿着卧牛河曲曲折折向前，在树林间就像是破折号，断断续续的一小截、一小截延伸，便隐入丛林中了。郝丽一个人，一个背包，一个手杖，背包里有睡袋、帐篷、手电筒、面包、榨菜，等等。尽管是第一次徒步，准备的东西很齐全。当然，这些是从本子上学来的。

太阳不急着落山。这里是大山脉的附属群山，海拔不高，但连绵不断。树木不伟岸，但稠密。天空慢慢披上帷帐。她将帐篷扎在了一片山楂树下，地势高，茂密的杂草柔软，四周不安静，窸窣的声响，让她多少有些心烦。黑魆魆的天幕裹着群山，她将自己裹在睡袋里，不饿，心还是平静不下来。她知道这山里有狐狸、狸猫、刺猬、野鸡和蛇。因为本子上都记着。

她的行踪，我根本不知道。

翻江倒海地找了半天，就是没有郝丽的踪影，我浑身冒汗，报警、求助，甚至发动她的同学，时钟指向晚上八点，满屋子的人。我十分确信她想不开了，因为毕竟她得过抑郁症。儿子陈小进蜷缩在沙发里，眼里噙着泪水。我没有将这事通报老爸老妈，生怕他们再出啥意外。郝丽的电话始终是忙音。我自责自己的大意和疏忽。

客厅的空气凝固了，我的电话响了，打破了宁静，我看见是郝丽打来的。

“是郝丽的电话。”我的叫声惊得大家都围拢在我的身边。当我颤颤巍巍按下接听键，不徐不疾的声音传来：“陈进，我在蓟州山里。”

我的天，她竟然没有出意外。

“你在山里干啥，我们去接你，没有事吧。”我不知道她出走的原因。

“我就是出来走走，在山楂岭落脚了！山里昼夜温差大，我把被角掖好了。”

“你们不用管我，我就是想走走儿子巡线的路线，现在叫野游。”

陈小进冲过来，大声说：“妈，是我错了，您回来吧，不安全。”泪涟涟的陈小进没有听到妈妈的回话，电话挂了。

陈小进断断续续地说，前段时间，郝丽提出要和他一起去巡线。他当时以为妈妈是自己在家里无聊，就将一本巡线日记交给她，让她在文字里感受巡线。

望着窗外的夜色，我忽然觉得那是妈妈对儿子的牵挂，也许还有缺乏陪伴的寂寞。我摇摇头说：“让她自己去感受吧，她也到了更年期，也许想打开自己内心的另一扇窗。”

一夜无话。早晨是风声喊醒了郝丽，呼呼的风从帐篷下面蹿进来，后背的骨头缝都钻风。她不急着起床，裹紧睡袋，闭着眼睛。没有刺耳的汽车喇叭声，没有急匆匆的脚步声，没有塞在嘴里努力嚼着大饼卷鸡蛋的声音，没有热锅上翻滚的热豆浆的声音。哗啦哗啦的风声听起来不像早春的旋律。山里，风大，忽远忽近的。这是她第一次自己在野外露营。自己都没有想到，头发都花白了，会徒步进山，会睡在帐篷里，而且是自己坚持这么做的。当然的是，遭到了所有人的反对。她讨厌帐篷。当年唐山大地震，灭顶之灾从天而降，他们村子56口人被砸在废墟里，没有出来，那里面有她的一个妹妹。那段日子，她一直跟在爷爷的屁股后面，像可怜的小猫，赤着脚，害怕那从地缝喷涌而出的轰隆隆的声响。她在潮湿闷热的帐篷里住了两个多月，那时她六岁，记事了。说不上是恐惧还是留在内心的伤痛，从那时起，她对帐篷有了没齿难忘的记忆。

她曾说过，她这辈子再也不会住帐篷。可如今，打了自己的嘴巴子。她就躺在自己亲手购买的帐篷里。

她将帐篷拉开一条缝，青草齐刷刷挺着腰板，挂着晶莹的露水。昨晚稀落的灯光早已经在灿烂的阳光下，闭上了眼睛。远处眼睛能看到的地方，升起袅袅的烟火，山里有人家，山里人习惯恬淡的、简单的生活。她这次来并不是追求这种宁静的。

她简单收拾一下，背包上肩，走了一会儿，前面是一条能跑汽车的山路。这里还是梨木台景区的后山。郝丽看见路边站着两个年轻人，一男一女，两个硕大的背包压在他们的肩上。郝丽看看两个人，又看看弯曲的路，问他们是不是野游。两个人点点头，同时露出洁白的牙齿。他们问郝丽是不是也是野游的，郝丽站着没动地方，也没有回答。过了一会儿，郝丽问："去哪？"瘦弱的女孩子说："我们要爬过鸡鸣山、黑虎山、八仙山，在三天后到达兴隆的雾灵山。"郝丽记得，本子上记着这些山名。

"你们是学生？"郝丽突然问道。

"我们是大二的学生，学地质的。"

“你们就两个人爬几道梁，过几道山，万一在大山深处迷路了咋办？真不自量力。”

郝丽的话让两个人目瞪口呆。

“那你还一个人呢！”女孩子并不示弱。

“路上要经过虎跳峡，你们知道有多窄吗？在哪里适合露营，你们知道吗？带的食物足够吗？可能会遇到山体滑坡，你们又知道吗？”

郝丽有点激动，她抛出去的每一句话都像石瀑滚落的石子，一路狂奔。她完全忘记了眼前的两个人自己并不认识。她把他当成了自己的儿子。因为她今天走的路径，就是儿子陈小进巡视电力线路的路线。

郝丽说完大步流星地走了。三分钟后，她扭头回看，两个人还站在那里。

太阳穿过茂密树枝的缝隙，毫不吝啬地拥抱着整座大山。郝丽不再搭理那两个人。

山路弯弯，郝丽遇到了很多的人和车。她丝毫没有搭车的意思。因为本子上记录着，她要走的路线在“一线天”的地方，不再往前，右拐要钻树林了。她知道这些人是冲着仙人谷的齐国长城遗址来的。从正门进山，门票只要五块钱，关键是那儿只能看到十几米的遗址，以及后来人造的地标性的巨大石头雕刻和只有几十字的文字介绍。后山就不同了，据说有几公里的老长城，那里静静地躺着古老的青砖和不眠的历史。这些也是本子上记录的。关键她是要像儿子一样查看电力线路是否有异常，虽然她不懂要查看什么，只是要固执地沿着儿子本子上记录的路线走一遍。

夜色像着了魔的黑蘑菇，一下子就遮住了光亮。郝丽找得非常精准，那是一块被整理过的地方，四周是核桃树。核桃树树冠庞大，树与树之间就有很大的空隙。那是一个能放下十个左右帐篷的土台子，保留着人工整理的痕迹。边角处有一块石板钉在土里，红油漆字醒目：蓟兴512线。她笨拙地揪扯着帐篷的四个角。阳光没了，气温马上就降了。她钻进帐篷，不急着钻进睡袋。小口嚼着自己蒸的馒头，一个榨菜袋里还有几条源自涪陵的特产。馒头不再暄软，嚼在嘴里有点噎人，一顿饭竟然吃了半个多钟头。吃完，酸痛困扰全身，两个肩膀发红肿胀，双脚脱离了旅游鞋的束缚，有点不听使唤。她没有心思数天上的星星，像一条毛毛虫钻进睡袋。她闭着眼睛，像过电影一样闪过一天的情景。山路难走不说，爬坡的时候，身子往后仰，以至于现在脚后跟疼。风景宜人，是旅游的黄金季节，她没有顾及身边的峡谷、碧潭、古藤，只顾低头走路，她想儿子三天走完的路程，她也要走完。她不认为自己是在逞能。

恍恍惚惚了一天，天色暗下来，我拨通了郝丽的电话："不行，你就别勉强了。"郝丽没有说话，直接挂断了电话。我知道，她是要坚持到底。能听到她的喘息声，我知道她安全就好。

郝丽喜欢老实巴交的男人。可由于工作的变动，我越来越忙，有时竟然一个礼拜都不能回家。这打破了宁静的生活，郝丽会多想。男人四十一枝花，女人四十豆腐渣。郝丽认这个理。

她把心思埋在心里，就像一个大疙瘩，堵在胸口。

说实话，谁也不会相信，郝丽会自己一个人钻大山。郝丽是个“主意包”，她要想把天捅个窟窿，那老天准下雨。

熬过一夜。郝丽没有了之前的心情。地面返潮，早晨翻个身都困难，腰疼。阳光落在帐篷上的时候，已经是上午九点多了。空气是透明的，散发着青草的气味和紧贴着地面的地皮兰的花香。紫色的地皮兰花被纤细的茎秆支撑，摇晃着身子。好大的一片，昨晚竟没有发现。郝丽忽然想拍些照片，这毕竟是自己的一次异想天开的徒步之旅。

手机镜头的前方是掩映在翠竹中一座青瓦白墙的老屋。她拍了照，就急急地要赶过去。就在眼前，却走了足足两个多小时，脚后跟有点不给力，她就放慢了速度，毕竟是50岁的人了。青石台阶从深凹处一直延伸到老屋，刚刚泛出的青苔紧紧抓着台阶，相拥的翠竹将台阶左右塞得满满的，一路走过时竹子与衣服摩擦出沙沙的声响。郝丽望着眼前青瓦白墙的老屋，略显破旧，她不曾想到这里曾经是蓟州抗日的后方联络点，后面山洞就是伤员疗伤的地方。与古树同龄的两个老人依然住在这里，也许是习惯了幽静，也许是坚守着一种信仰。这里原本计划建抗日纪念馆，老人说，山高路险，不太合适。老人说，让烈士们安静安静吧。有我在，他们不孤单。房子后面矗立着七座坟墓。

郝丽把带来的东西悄悄地放在台阶上，又折回深凹处，继续往鸡鸣山的方向走。东西是儿子陈小进每次经过都要带的。

他牵挂着这座老屋，这两位老人，这也是每次爬山必行之处。要是不着急，他也会坐下来，与老人面对面地聊上半个小时。熟络了，就放不下了，每次尽量多带些生活用品。郝丽发现，本子上记录得清清楚楚。

老远就听见瀑布的声响，水汽也越发的浓重，好像衣服都湿润了。转过一个弯路，郝丽再次看见了昨天见到的男孩和女孩。两个人靠在一块大石头上，身子向后仰着，脸上洒满阳光，就像两只刚出窝的小鸟，翘首等待着妈妈的到来。

“我们在等您。”女孩子笑盈盈的。郝丽笑笑。女孩说不知道称呼郝丽为大姐还是阿姨，她让郝丽叫她“野兔”，当然这是个绰号，真名叫王子睿，男孩叫啥，郝丽没有听清。

男孩扭过身子跟她打招呼。他很腼腆，笑后低下头，脸红红的，不再说话。其实，他们两个并不是学地质的。都是野兔的主意，来一场说走就走的旅行，野游。野兔喜欢大山和大山深处的各种气息。

郝丽不由得想起自己的儿子，和这个男孩十分相似，内向，喜欢独处，平时喜欢研究陈进的那些电力器材。儿子填报的大学专业，郝丽不喜欢。后来陈小进考进了电力系统。郝丽想不明白，大学毕业的儿子竟然每天钻大山，巡视电力线路，这是多么枯燥的职业。

野兔，这古灵精怪的绰号。年轻人就喜欢怪怪的东西。

野兔正在滔滔不绝，郝丽望着眼前从山顶飞瀑而下的水砸在石头上，溅起的水花在阳光的折射里变幻成五颜六色，自然形成的凹槽是一处小潭，深不见底，恰似元宝的形状，被人称为“元宝池”。清澈的水从小潭溢出，顺着地势流向低处丛林，也许会流进卧牛河。

突然，一声轰鸣，他们不约而同转回头，几块石头滚落下来，砸在了深水坑里，溅起的水花打湿了衣服，接着又一声轰响，又有石头滚落。

她俩发出刺耳的尖叫。郝丽魂魄都飞了。如果没有那男孩子拉她一把，也许自己就被砸中了。突如其来的变故，尖叫之后，大家都憋了一口气，过了很久，稍微缓过神，三个人才知道后退十几米。郝丽在本子上没有发现关于虎跳峡滚落石头的记录。梅雨季节还没到，滚落石头的情况并不多见。北方的山石坚硬，泥石流的现象并不多见。这让郝丽心悸，元宝池，她死死地记在了心里。

当天晚上，郝丽将帐篷在离元宝池一里远的地方安顿好。她的帐篷和野兔的帐篷间隔十多米。她不想打扰这对小情侣，野兔执意挨近点，郝丽无法拒绝这种热情的相邀。弯月高挂，四野时不时发出鸟的叫声，不刺耳，带着花腔。帐篷里传出野兔咯咯的笑声。年轻人就是年轻人，转脸就忘记了刚才的惊险。郝丽没有困意。她索性翻出本子，借着手电筒的光，看着扉页上的那张地图。这是第三个晚上了，原来的计划泡汤了。按照儿子的走法，她根本不可能在三天两夜到达终点。她的心情跌落深潭。说出去的话，泼出去的水。郝丽感到难堪。陈小进说过，大山深处越走越难，以至于在特殊情况下，为了检查到每一个塔基，他们要连续几天几夜才能翻越大山。

郝丽开始羡慕那些徒步进藏的人，川藏线上的艰辛靠的是一种信仰。过马尔康，过邦达，过八宿，过波密，过业拉山“七十二拐”，明知道一路的险恶，依然前往。她，走的这条特殊的路线，靠的是啥？当然，起初是和陈小进赌气。

陈小进的腿被砸断了。她赶到医院的时候，人已经进了手术室。这也是她成天提心吊胆的事。越是在潜意识里担心，越是容易发生不愿发生的事情。她跟我说过，找找领导，把儿子调到轻松的部门。这几年就像是大山里的野兽，风里雨里，披星戴月，越是雷风暴雨，越要去爬山，越要去涉水。她不知道自己的儿子所从事的工作到底是怎样的状态。她知道我并没有找领导谈儿子调动工作的事。每次她发飙，我都只好笑笑，不搭腔。这更让她恼火，感觉好像我想让儿子扎根在大山里。她的阻止并没有效果，偏偏儿子又站在了我这一边。男人干事业没有闯劲，没有韧劲，没有豁出去的勇气，哪能轻轻松松地成功呢？幸福是奋斗出来的。儿子将郝丽愤怒的火焰给熄灭了。但是她不甘心。自从她看见那本巡线日记，那个本子好像被施了魔法，越发地吸引着她，就像巨大的吸盘，让她欲罢不能。她偷偷复印了一份，装订成册。密密麻麻的记录文字，就像是电影剧本，在她的脑海里闪过陈小进的朝朝暮暮。她执意要走上一遭。

我说她更年期了。她矢口否认。更年期的女人，易哭、易怒、易烦躁，就像火山一样随时可能爆发。有时让人接受不了。

人到中年，想的事情颇有些复杂了。郝丽说过，她并不了解我，不了解我的工作，不了解我的追求。她看见我抽屉里是满满的奖章奖状，也曾为我高兴过。她还接受过电视台的采访。电视里说，她是电力人优秀的家属，难得的贤内助。当面对我一大堆荣誉和家里琐碎的事情需要我搭把手的时候，她作为女人，渴望我能陪在她的身边。有了这种思想，她就越发地想走进我的世界，这是我能够体会到的。陈小进好像也和我一样，有忙不完的工作，她心里起急，难道供电公司的活都让你爷儿俩干了不成？她也越发地想亲自去尝试陈小进爬山的过程。她要找到答案。

挨着水近，风凉。帐篷有点抖动，她没有发现风偷偷闯了进来。想着心事，越发觉得自己不容易。其实，对生活的每一个细节，我是敏感的，她是女人，我能够感受到，她需要我给她温暖的怀抱。

天刚亮，野兔突然挤进帐篷，不由分说和郝丽挨着躺下。大声说“太冷了，太冷了”。郝丽往边上挪挪，让出空间。野兔又往里面挤挤。外面的风吹过山谷，在远处发出尖啸的声音，此时的风就像困在牢笼的野兽，想要征服整个山谷，嘶吼着、咆哮着，将安稳的山谷摇晃得不知所措。野兔说：“只有经历了，才知道大自然是那样的变幻莫测，这么大的风，好吓人呀。”

“你为什么一个人徒步？是寻找刺激吗？可您过了那个年龄。是学地质的吗？看上去不像啊。”

郝丽愣住了。不知道如何作答。野兔忽地又说：“不用回答，很多事情没有为什么，快乐就好。只要曾经拥有，不留遗憾就好。不过，我挺佩服您的。我自看到您的那一刻，我就想，我到了您的那个年纪，身边会有谁继续陪着我呢？也许只有我自己。我也想到了您的年纪，再来一次徒步野游，因为在这条路径上毕竟留下了我甜蜜的爱情。”

郝丽看得出来，野兔喜欢那个男孩子。

野兔继续说：“姐，我们其实等您，是想一起结伴，不是担心您孤独，是怕您一个人出啥意外。”

郝丽望着甜美的野兔，心头涌出无比的感激，善良真好。

郝丽觉得自己那个年代的人确实缺少一场轰轰烈烈的爱情。

野兔突然发现了那个本子，那个已经被翻看着卷了边的本子，忽然大惊小怪地说：“《巡线日记》？我以为是《旅游攻略》呢！啥意思？”她稚嫩的脸上写满疑惑。郝丽笑笑，将那个本子攥在手里。那浅浅的笑就像久违的甜蜜，着实迷人。野兔说：“大姐，您笑起来真好看。”

顿时，郝丽的脸红了。

郝丽没有继续和野兔结伴而行。她在另一个本子上记录下每天的感受。

野兔走时，问郝丽还要走几天。郝丽说走完该走的。野兔调皮地说他们在前面等她。

郝丽收拾完东西时，野兔已经走了多时。依然是满眼的绿色，飞架天空的银线闪着银光，那是光的路径，和自己脚下的路一样，虽然弯曲，但一直向前。

郝丽知道，野兔是这次徒步之行的偶遇伙伴。人生的路就像进山的小路，弯弯曲曲，会遇到很多的人，结伴而行，彼此温暖。

郝丽望着虎跳峡，水不知疲倦地飞溅，虽然只有一脚宽的岩壁可通行，但她早已经没有了丝毫的畏惧。她忽然觉得，脚下的每一个脚印里都有陈小进的温度。

她在另一个本子的扉页记下：向光而行，为梦拼搏。大江蜿蜒，高山巍峨，追光的身影一路跋涉。星在歌唱，灯在闪烁，阳光在编织新时代传说……

郝丽回家的那天早晨，陈小进在小区的门口等着，略显消瘦的脸上挂着焦虑。远处背着行李包的郝丽像个臃肿的女人，慢慢移动着步子，陈小进飞奔过去，紧紧拥抱，泪水湿了两张脸。

我收到陈小进的微信，悬着的心才放下。想必郝丽人回来了，心也回来了。

第五章

消停了没有两个月，陈小进工作调动了。

儿子陈小进来到农村小高庄，第二次出任第一书记。这是我没有想到的，从帮扶困难村到乡村振兴，任务重。陈小进何去何从，我不得而知，我便开始关注小高庄，关注陈小进的新战场。

小高庄是渤海的退海地，静卧在从北山盘下来的大龙湾下。传说，大龙湾从没有发生过水患，像一条活着的龙。大龙湾两岸水质甘甜，四周土地肥沃，物产丰美。经过历史变迁，小高庄姓氏发展为高姓、苏姓、刘姓、李姓等七个姓氏，一百多户。改革开放初期，曾兴办过玻璃厂，乡村合办，收入颇丰，当时在县里是出了名的富裕村，可又经历了衰退。如今的小高庄，新旧更迭，悄然发生着变化。

让我没有想到的是，自己的儿子竟然还要以第一书记的身份继续留在农村，播撒自己的青春和汗水，这事，他和他爷爷谈过，老爷子一百个赞成。我是在他报到之后才知道的。儿子有想法就随他吧，现在的年轻人不喜欢家长的管教，但我担心他的专业荒废了。

这天，郝丽出奇地话多，准备了丰盛的饭菜。我刚脱了外衣，她就凑过来说：“儿子，今天回来。”她灿烂的脸上挂着孩子般的可爱笑容。

儿子大概有半个月没有回来了，我也想了解一下他的工作情况，同样充满期待。路灯的光从斑驳的树叶间透着明亮，窗外的花园繁花锦簇，紧凑着，说不出的亲密。

“我回来了，亲爱的妈咪，亲爱的爸比。”陈小进满身的灰尘，卷曲的头发里散发着怪味。我立马命令，洗澡吃饭。我心里暗想，这小子快成当地人了。

破例的是，郝丽倒了半杯红酒，猩红的液体在杯子里安静地挥发着，都说挥发后的红酒味道更纯正。陈小进的酒量比我厉害，我的酒量比我老爸厉害。每次提及此事，老爸总是笑眯眯地说，比酒量不是本事，关键要看工作成绩。我们三代电力人，处在不同的时代，都是建设者，我看呀，你们的贡献比我大，我就高兴。每次喝酒，微醺了，我就和陈小进说同样的话。

陈小进黝黑的皮肤和我一样，只是略显粗糙，眼睛里闪着疲惫。郝丽不停地问吃得咋样、住得咋样，好像儿子住在农村受了多大的委屈似的。突然，陈小进端起酒杯，深情地望着我，轻声说：“爸，这次作为第一书记，我能够感受到，人与人只要真诚，互相尊敬，踏踏实实干好每一件事情，人的价值就体现出来了。”我知道，陈小进在慢慢进步，帮扶工作不好干，况且他在农村接触的事务不多，这次可真是扔进了大熔炉。天降大任，必将空乏其身。我接着他的话茬儿说：“做群众工作要耐心、要公心、要有爱心。互相尊重之后才是互相欣赏。你就给我们讲讲村里的故事吧。”陈小进笑得灿烂，我知道，他读懂了我的意思，知子莫若父嘛。

郝丽绯红着脸，托着双腮，像一名小学生，在听知心姐姐讲故事。

陈小进的目光是坚定的，他要讲的不仅是他的成长经历，更是他对老百姓的那份真诚。他说，故事离不开老书记刘瑞东。伴随着夜色，我们沉醉其中。

刘瑞东和往常一样，慢吞吞地朝着村委会的方向踱着步，太阳越过柴火垛上的牵牛花，把整个村子镀上了金边。刘瑞东怕见谁，谁就来。满仓家的五大三粗，像个母夜叉一样站在村委会的大门口，无袖短小的衣服看不见花色，脏兮兮的，前襟上沾着渣子粥，虾米眼，大嘴岔。看见刘瑞东，她敞开嗓门：“你说，大学生的土地到底给不给分呀？”刘瑞东是初中毕业代课几年后当的村干部，一干就是十年。村子里陈芝麻烂谷子的事儿，他心里都装着，如今是村顾问了。村子里派来了年轻的陈小进任第一书记。说白了，刘瑞东不再当家说话了。但是之前未处理完的事情，组织上仍让他负责。皮肤白皙的人，往往容易长皱纹。刘瑞东两眉紧锁挤出的皱纹聚在前额。刘瑞东试图从满仓家的左侧挤进去，可门口让满仓家的占得满满的，没有一丝缝隙。“有事办公室里说，在这儿吵吵啥。”刘瑞东平时就是细声细语。“你们当村干部的不按照政策办事，还不让老百姓理论了。”刘瑞东就烦她这大嗓门，像是电线杆子上的喇叭，一会儿就会招来好多人。原来是村子里的九个孩子考上了大学，成了大学生，村里还给不给“人头土地”的事情。其实，这件事已经是六年前的事情了。家长们要求村委会给补发上班之前几年的土地。当时是开过“三会”的，表决的结果是孩子上了大学就不再分给土地。可偏偏附近的杨富村、艾林村对上大学的孩子仍然给分土地，直到上班了才停止。如今虽说土地不是多金贵，但是土地流转，一亩地租出去也能挣到一千块钱呀。九户人家跑到镇政府、县政府反映情况，答复的是各村可以根据实际情况来确定给与不给。这不是没有答案的答案嘛！这件事就始终悬着。农时不忙了，这九户人家就折腾，满仓家的是先锋官。

“这件事情有了解决的方案，办公室里说。”刘瑞东提高了嗓门。半信半疑的满仓家的将肥硕的身子移开一条缝儿，顿时光亮了许多。打开会议室的门，刘瑞东一屁股坐在椅子上。这么多年管理着120户，422口人的村庄，心好像操碎了。谁不想往脸上擦金粉，可村子不大，事情不少。其实，处在农村快速发展的时期，出现这样那样的问题是正常的，实践才是检验真理的唯一标准嘛。老百姓的维权意识增强了，对政策的理解和落实上也需要精准。“陈小进书记已经跟胡大海镇长作了汇报，镇里会拿出解决的方案，征求大家意见的。”刘瑞东知道满仓家的站在身后，直截了当告诉了她。“这次是真正给解决吗？每次都是拉抽屉，你们以为这是拉大锯过家家呢!”满仓家的就像个冲天炮，你给她讲政策，根本不听，就是嚼自己的死理。刘瑞东望着窗户外的月季花，娇艳似火，那是他亲手栽种的。区委书记来调研时都说他有文化、有思想。可如今自己好像跟不上形势了，其实，他刚刚五十出头。前些年，村民投票选举中，本村大户姓苏居多，苏二生满票通过，当选村长。实话实说，苏二生刚当选时，确实有能力、有魄力，修闸涵泵站、修水渠、硬化路面，没少干实事。就是爱当家说算，有些事情，虽说是召开班子会议，其实就是走形式，他刘瑞东也憋屈，没有话语权。关于给不给本村大学生土地的事情，他提出过要慎重，这涉及土地问题，是老百姓的大事。可最终，还是取消了土地政策。这件事有大学生的家庭一直有意见，随着大学生数量的增加，问题也越来越突出，如今再不解决就有舆情风险了。

“你先回去，这事肯定有说法，镇政府已经上手了，你怕啥？要不你等着陈小进书记，看他咋说?”刘瑞东本分，不想把以前的事情推给新来的第一书记。这时站在外面的人嘈嘈杂杂，议论纷纷。要不等等吧，这也不是着急的事情。刘瑞东这次说的应当是真的。刘瑞东心里清楚，这件事不及时解决，恐怕过不去群众这关。作为党员，刘瑞东还是坚持按原则办事，不像老村长，干了一届因为经济问题就处理了，给他留下烂摊子。他老婆挂在嘴边的是，刘瑞东这个村支书当得窝囊。窝囊不窝囊的，刘瑞东自己清楚，决策事项要履行程序，村民代表要举手通过，他心里清楚苏二生以村民自治为由头，拉拢村民代表，致使有些决策不甚科学，可也执行了。就拿给大学生土地这件事就是苏二生拍板定的，不给。如今成了小高庄老百姓关注的焦点。

满仓家的看看身旁的高小香。高小香细眉细眼，身材瘦小。可她姓高，嗓门高。和满仓家的站在一起就像骆驼和羊。关键时刻满仓家的就听高小香的，因为每年高小香两口子收购棉花，能给她家的棉花高价。高小香从细密的眼神里丢过来的信息是：就这样吧，回去吧，看看再说。满仓家的骂骂咧咧挤出门外，一屁股坐在电动自行车上，启动好半天，电动自行车才颤颤巍巍地离开村委会大院。

刘瑞东说："大家都散了吧。"各家都有忙不完的活儿，知趣地散了。

刘瑞东慢悠悠地点燃香烟，香烟是中华牌的，这要是在任村支部书记时，他可不敢拿出来抽。他怕闲话，会让人怀疑他贪污，还会遭人嫉妒。农村的村支书就抽中华，哪儿来的经济条件？其实，这是出门子的姑娘春节给买的，姑娘大学毕业留在滨海工作，工资高不说，福利待遇也好。这让刘瑞东坚信，读书是最正确的选择。给大学生分不分土地这事，自己的姑娘也在其中，他当时为了避嫌，投了弃权票。回去老婆骂他："两亩地呀，真是窝囊废。"殊不知，他心里装着的是更大的、更难的、更棘手的事情。

北方的春天短促，初春时节还挺凉的，可眨眼间就暖和了。盛春的阳光暖烘烘的，谁都愿意在阳光下多待一会儿。高小香可没有这闲工夫，走路一阵风，一溜烟儿就到了她爹的家，她爹一个人生活。嫁出去的女儿，泼出去的水。三个姑娘中，把二姑娘高小香留在了本村，虽说姑爷刘大不爱说话，可心中有数；看着傻，可肯干活儿，不惜力气。没有让高小香外嫁，最关键的是住在一个村子里有个照应，也是为了养老。高小香一天跑八趟，啥事都给操持着，高三爷心里亮堂，自己花钱买的养老保险，如今一个月也能有两千多块了，没事就在后院种点蔬菜，地里的活儿彻底不干了。高小香在爹的眼里，是那种能操持事的女汉子。村子里的人都叫她小香。

小香掀门帘进屋，高三爷正端着大搪瓷缸子往嗓子里灌水。“爹，你是在吃药吗？”高三爷咽下水，点点头。小香忙说：“这就对了。您姓高呀，您的血压可也高了去了，这治血压高的药，就得常年吃着。”高三爷坐下来，心事重重地说：“你们承包土地的啰唆事，最后咋定的？”高三爷没说完，小香提着嗓门说：“爹，这事您就别掺和了，我们有合同，就是到了法院，我们也不会输。”小香的眼神游离，说起这事，马上兴奋。前几天，为了这事四个股东悄悄商量了几次，虽说有合同，可谁心里都没有底，事态咋发展，谁也没有定心丸。每次聚在一起，箩筐簸箕说得满满的也都是废话，到了饭点，几个爷们进了小饭馆，几个娘们扭头回家做饭，自是都骂骂咧咧，挣钱不挣钱，马尿喝得倒勤，喝死几个王八羔子。想着心事，小香上了炕将空调的外罩拉下来，要清洗空调的内网罩子，这天说热就热，要把老爹的空调提前清洗好了。“二姑娘，你是真有精神头，这空调我也用不了几天，这天气距离炎热还差老鼻子呢，你真有虑心。”高三爷坐在椅子上抽烟，看着精豆子似的二姑娘小香忙乎着。小香不高兴地说：“爹，不是二闺女说你，空调到时候您就打开，别跟电费较劲儿，花钱买清凉。舍不得花钱，自己闷着，浑身长痱子，不难受呀。说个不好听的，您百年之后，留着那么多钱有啥用?”高三爷斜着眼，心里不服气。这不省，那不省，就那俩枣，哪够折腾的。小香没有在意自己的爹，还在喋喋不休：“冬天了，您就把那燃气炉子的温度调高点，也费不了多少天然气。现在多好，夏天有空调，冬天有燃气供暖，你说，咱农村空气还好，我看比城里人活得都滋润。可话说回来，您不消费，那不是自己不会享受嘛。”高三爷有点生气地说：“你说，哪家不是节省着过日子，哪像现在的年轻人，就图会享受，享受是要用钱的。”

就在这节骨眼上，外面传来四婶子的声音：“小香，你在你爹屋里头呀，出来，四婶子有话说。”四婶子不是远门子，是刘大四叔的老婆，是亲婶子。小香不紧不慢地将擦干净的空调内网罩子镶进去，扣上外壳，跳下炕。“四婶子进来说话，外面说啥?”小香干农活利索，家务活更麻利。

“三哥，没出去遛遛。”四婶子进屋和小香的爹打招呼。“你们说话，我到村头唠嗑去了。”说完，高三爷走出屋。这正好，四婶子不想让小香爹知道的事儿多了，他净跟着晚辈操心。

小香拉着四婶子坐下，她知道刘二那屋两口子又吵架了，媳妇回了娘家。四婶子浓眉大眼，只是眉宇间长着忧愁。“小香，你能说会道，这事让你拿个主意。你说，亲家那头提出要在城里买楼，再买辆汽车，儿媳妇才肯回来，你说这不是无理取闹嘛。”小香理解四婶子，如今，小叔子刘二让工厂裁人裁下来，窝在家里，挣不来钱。这可不应了那句老话：穷打、穷打。两口子有事没事就拌嘴，时间长了关系就容易出现裂痕。小香也知道，当初，结婚时就说好了，老家的房子装修装修，也就不用在城里买房。车是买了，过礼十二万八，那可是四叔和四婶子省吃俭用从牙缝里攒出来的。小香接过话茬儿：“孩子都一岁多了，这咋还翻旧账呀。要是刘二工作好好的，每月大几千的钱交给媳妇，也没这事儿。”四婶子好像遇到了知己，越发坚定这事找小香是自己最正确的选择。“香啊，你说当初，要是让刘二和你们一起承包土地，一年也能分到十多万元，比上班都强。”小香不想听啥，四婶子偏偏就提啥。四年前承包土地的时候，刘大是想让刘二也入股，毕竟自家堂兄弟的，比外人近乎。刘二当时在散热器厂上班，计件工资，四婶子就图当月开支，能够见到现金，怕承包土地赔钱，死活没同意。如今又反过来说，但甘蔗哪能两头都甜呢。小香的脸拉得老长，她要是不高兴了，公公婆婆都要看她的脸色。倒卖棉花、承包土地插秧、鱼池养鱼、养牛都是她小香的主意。说白了，老刘家大事小事，都是她操持。不管是长辈还是晚辈，小香在家族里说话是绝对好使。“四婶子，我说呀，刘二媳妇那头，你先让别人去说和，最后，实在行不通了，我再出山。”小香知道夫妻之间吵架，回娘家，劝和的事是让说和人最不要脸的事情，她不是不管，这事谁出头，谁也不好办。况且现在农村男女比例不平衡，男多女少，很多农村的姑娘考个技校、中专的，在城里随便找个工作，就不回农村了。农村男孩子在城里不买房，恐怕很难找到对象了。四外八庄哪个村都有光棍，听说有的村就有几十个光棍。现实就是现实。父母们就只能撅着屁股干活挣钱，好歹要给儿子找个媳妇呀。这要是真的离婚了，刘二恐怕只有打光棍的份儿了。

四婶子见小香这样说了，只好告辞，往外走，还不时地回头说："香啊，你可是四婶子主心骨呀，这事没你不成。"小香望着四婶子的背影，颤颤巍巍的，心里纳闷儿：她的背驼得竟然这么厉害，早先自己竟然没有留意。

高三爷没有回来，她把电饭锅插上电，先把大米饭给高三爷做好，中午再过来炒个菜。来到院子里，她又拿起扫帚。高三爷的房子是老房子，始终没有翻盖。高三爷说，老房子冬暖夏凉，住着舒坦，冬天省暖气，夏天省空调，总之，就是省钱。可老房子夹在整条街的中间，又矮小又寒碜。盖房子是村子里的头等大事。有小子就要盖房，为的是娶媳妇。房子建得越来越阔气，不比城里差。如今，供暖、供气，户厕改造了，街道硬化了，村子绿化了，健身中心建好了，饮用水、净化器都安到了村委会，啥啥都变化了。就是老百姓的衣兜还没有真正鼓起来。小香想着这些，突然想起来，今天和几个合股承包土地的股东还要商量事。她望着爬到了墙头的牵牛花，粉色的、酱红的、蓝色的，挤满了墙，就好像村委会商量事情，好多村民挤在外面打探消息一样地好奇、热闹。她关了院门，朝着另一条街走去。

精干的陈小进从胡大海镇长的办公室出来，心情多少有点激动。自从到小高庄当第一书记，整整三个月了，他才刚刚理出头绪。村子不大，事情不少，遗留的问题棘手。眼下正是乡村振兴的关键时刻，他和所有的年轻人一样，都想把每一件事情办好。不是眼高手低，可面对现实，确实伤脑筋，也需要动脑筋。

春天的田野除了水稻地里灌满了水，还没插秧外，其他地块里棉花、花生、玉米、大豆都伸展着身子，远远望去绿莹莹的。车子在乡村公路上奔驰，陈小进在心里想好了要在这里扎根，干就干好。老百姓千头万绪的事儿，其实都离不开“致富”两个字，小高庄的村容村貌已经没得说了，关键是思想的再开放和持续合作社的资源整合、收益最优化的问题。

车子拐进合作社的院子，潮白河、还乡河、卫星河将合作社环绕着，院子里很安静。镇里已经明确：发展优质水稻种植的大盘子早已经敲定，水资源丰富，特有的水质就是优势。望着远处走来的技术专家何云鹏，陈小进迎着面走过去。“何专家，巨型稻的秧苗长势不错吧?”何云鹏戴着金边眼镜，深邃的眼眸透着坚毅的光，双手滴答着水珠。“陈书记，你看二十畦的秧苗像剪刀裁剪出来的一样。”何云鹏脸上荡漾着笑容。“您是专家，您的技术才是咱合作社的命根子呀。百亩巨型稻的试验这也是咱北方的第一家，我压力不小呀。”陈小进办事说话透着山东人的实在。“你听说没有，合作社又有七户退出了巨型稻的百亩试验田，要求将资金转到普通稻的五千亩地。”这是陈小进没有想到的，巨型稻是合作社与科研单位的合作项目，预计亩产在800～1000公斤，稻株能够长到两米左右，普通稻单穗稻粒在200～300粒，而巨型稻在500～600粒，这么好的项目，咋说变卦就变卦呢？老百姓自己有杆秤，但凡能不冒风险的就不冒风险，看不见兔子不撒鹰呀。陈小进心里别扭。“就是刘大挑的头，说两米高的秸秆，刮大风准倒秧，那样稻粒就不饱满了，肯定减产。你也别上火，咱合作是自愿的，让农户自己做主。”何云鹏看出来陈小进的脸色很难看。为了争取这个项目，镇党委可没少下功夫，一再强调让更多的农户参与进来，农业产品附加值不提高，说增收那是假话。刚育秧就有打退堂鼓的，这是啥事呀。刘大那是幌子，其实就是高小香在坐镇，啥事她都掺和。

上任的第一天，陈小进就听说过，高小香这几年没少折腾钱，是个爱掺和事的人。

从合作社农场出来，陈小进将车子开到了村北头路边。从村北头到北大河之间成片的土地裸露着褐色的肚皮，四周生机盎然，只有这片土地显得突兀，张着大嘴，好像抱怨着为啥不给灌水，不着急播种。头顶的白云在蓝天的大幕下显得洁白，随着风儿慢慢地移动，望着蓝天与白云，呼吸着青草、花的气味，他心情平静了许多。可是这片地不能就这样荒着呀。承包户想灌水，准备插秧，老百姓不干呀。四年的承包合同快到期了。村民提出重新核定每亩地的承包费，现在周边村流转土地已经涨到1200元一亩了，原来的850元一亩肯定不行。村民还提出了原来核定的亩数有问题。这事说是交给老书记刘瑞东处理，可僵持了两个多月也没有进展。一边想拉荒灌水，另一边死活不让干。村民说了，没有一个说法，就去找能理论的地方。问题的症结是承包户手中的合同和村民手里的合同条款有出入，说白了，当时弄了两个版本的合同，村民手中的合同里条款清楚："土地承包费随着行情可以每年度调整，就高不就低。"承包户手中的合同没有这条约定。

刘瑞东说根本不清楚这事，原来都是苏二生搞的鬼。如今苏二生在大牢里。

陈小进忽然想起自己的师傅，艾林村原来的书记艾玉良。

涮羊肉的水汽弥漫了两个人的小单间。艾玉良平头，浓眉大眼，说话如洪钟，敞开着衣衫，露出里面的白背心，胸脯的位置印着红字：有事好商量。"羊肉不错，农村的店都实惠，也实诚。不像城里的羊肉馆，鸭子肉刷羊油冒充内蒙古纯羊肉，吃在嘴里没有嚼头。这年头，能耐人就是多。"艾玉良知道陈小进开车不能喝酒，自己吧嗒一口白酒入肚。陈小进刚考到乡镇，当党务工作者时就被分配到了艾林村，当时书记艾玉良自己是大老粗，就喜欢有文化的人，把他当成宝贝，村子里所有的事情手把手教他，一年的相处就像父子。

"干爹，我有事找你。"陈小进的杯子里是矿泉水，他知道碳酸饮料是长肉的祸首。"有事，喝完酒再说，没有过不去的火焰山。"艾玉良吃得风生水起。陈小进满脸的愁容始终没有化开。“来，你以水代酒，我敬敬小高庄的大书记。”艾玉良是成心的。“干爹，你也拿我开涮，您呀，涮羊肉吧。”陈小进笑了。“这就对了，遇山开路，遇水搭桥，高兴点儿。不就是你们村土地承包的事嘛。一会儿，我给你看个药方。”艾玉良一语道破。陈小进望着眼前脸色红润的前辈，知道他心里有辙。“好的，干爹，敬您一杯。”艾玉良喜欢听陈小进叫他干爹。他也知道这要分场合。正式场合，陈小进规规矩矩地叫他书记。

不大的空间，渐渐让水汽滋润得很融洽。陈小进这顿饭没白请。

浑身湿漉漉的刘大，手里提着布鞋刚进院门，老妈大香就忙活着放桌子吃饭。这个点儿，家家户户早就吃完早饭了。城里人恐怕还在梦中。早上六点半吃早饭几乎是个规律，刘大要在鱼池守夜，凌晨五点，起床割草，草鱼喜欢吃草。小香不管做饭，婆婆大香一天三顿饭是主要的活计儿。小鱼熬咸菜，大葱、黄瓜、油麦菜洗得干干净净，蘸着豆瓣酱生吃。金灿灿的玉米饼子是大香和丈夫刘志刚吃的，刘大和小香喜欢吃发面的馒头。刘大浑身黑魆魆的，像河里的泥鳅，小香浑身上下雪白雪白的，一个爱说，一个不爱说。“刘大，秧苗已经联系好了，吃完饭，我和高国栋去看看，再砍砍价。”小香从恋爱开始就直呼其名。刘大喝了口玉米粥，低着头，并没有言语。婆婆大香与儿媳妇小香说话始终是笑眯眯的。这个家自打小香进门，生活水平直线上升，小香的思路就是挣钱。也是正赶上党的好政策，孩子才十岁的时候，就在县城买房了。大香对小香佩服得五体投地。在外面唠嗑，总是讨好地用财神奶奶来称呼自己的儿媳妇。“香啊，承包土地的事定了没？要补偿人家多少钱呀？咱手里的合同是假的吗？”这句话可捅了马蜂窝。“你快吃你的吧，这是你操心的嘛。”丈夫瓮声瓮气地斥责道。“您没事就想着法儿地看看咋把这菜炒好吃了，实在没事就拿本字典，查查不认识的字，学习学习菜谱。”小香的话噎人。她将半截葱扔在桌子上，直掉泪儿，想必是大葱辣了眼睛。“妈，您一会儿把我的布鞋刷刷，明天我还要穿，穿胶鞋长脚气。”刘大斜着眼瞅瞅小香，心想：妈不是关心这事嘛！别总用带刺的话怼她，她是我妈。大香尴尬地笑笑，自己给自己台阶下。“小香，大事你做主，我和你爸都是靠边站的人了。多吃小鱼，这次，听你的话，多加了豆瓣酱，可好吃了。”大香夸张地夹起小鱼往自己的嘴里塞。

刘大明知道小香和大香总是拌嘴，也懒得理会，拿起镰刀去稻地。村北头的土地已经耙完了，远远望去，白茫茫，水波荡漾。按照农时农历五月十三之前要插完秧，稻子的生长期是有数的，要是太晚了，稻穗灌浆晚，稻谷就不瓷实，会减产。由于土地承包的分歧意见，村民们刚同意承包的事情，马不停蹄地开始拉水、灌溉、耙地，就等着插秧了。刘大身材结实，赤裸着上身，咔嚓咔嚓地割掉河渠两侧的杂草，为的是方便走路和水流的顺畅，额头不一会儿就滚动着汗珠子。刘大干活不攀人，虽说四个股东干活应当都来，他总是说搭伙计的事大家要自觉，别太计较。汗水顺着脊背流进了裤兜子，手中的镰刀始终上下飞舞。等他抬头望望前面，200多米长的河渠，马上割到头了。这时，电话突然响了。“咋回事？不是提前说好的吗？不是交定金了吗？”刘大涨红着脸，不住地抹着汗。“操蛋，你不交定金谁给你留着？”刘大青筋暴突，他总是说小香，凡事不要太算计，算计来算计去，把自己算计了吧。秧苗只够插三分之一的，眼瞅着再不插秧就晚了。别人家的稻秧已经绿莹莹的，风一吹，沙沙地响了。刘大恨不得将手机摔了。小香让他去找第一书记想办法：你们个个能耐着呢，关键时刻掉链子。他点燃香烟，想缓缓神。喷出去的烟气随着风眨眼间就没了踪影。刘大知道，因为流转土地这事，几个股东都和第一书记陈小进闹僵了，见面不打招呼。人家陈小进还是成天乐呵呵的，他们几个人心里像隔着层纸，这事没有人愿意出头呀。

刘大不禁想起了那天的事情。

那天，镇长胡大海早早地到了村委会，两委班子、党员代表、村民代表以及承包户四个股东全到了。小香坐在了角落里，小眼珠滴溜溜地乱转。镇长胡大海看人都到齐了，大声说：“土地是老百姓的命根子，村民反映土地流转的事情，镇政府也召开了专题会议研究，咱们和谐社会讲和谐，大家说说各自的想法，没有用的话就别说了，拣干货说。”陈小进坐在了镇长胡大海的对面，心里多少有点自信。胡大海在乡镇干了二十来年，乡村大大小小的事情处理上万件，做群众工作有两把刷子。大家谁也不先发言，僵持着。陈小进望望大家，说：“眼看着农时就过了，土地不能荒着，咱们就把事情摆在桌面上，咱不能个人说个人的理儿，要本着解决问题的态度来协商。咱们之前已经沟通了六七次了，大体的意见大家也都清楚，今天，胡镇长也在，镇里十分重视这件事情，谁也没必要激动。刘大，你先说说。”刘大敞着怀，露出黝黑健康的肤色。他心想：明知道我不会说话，让我先说，这是楚河汉界上来就“将军”。刘大扭头找到角落里的小香，大声说：“高小香，家里家外你当家，你就直说吧。”大家哄堂大笑。刘大惧内不掩饰。小香心里骂道：这个傻货，之前早商量好的，刘大先开炮，其他股东添油加醋，小香最后反扑，这个缺心眼的玩意儿。小香站起来。胡大海有耳闻，高小香不简单，就像是现在的代理人，买进卖出挣差价，一年下来不少挣钱，口叉子也不赖。“合同写得清清楚楚，承包期限还差一年，现在临时增长承包费恐怕行不通。”其他三个股东马上接话说：“合同写得清清楚楚，今年不让种地了，损失可要赔偿。”“干部也要实事求是，不能瞎拍板。”“说话不是放屁，要有根据。”顿时，会场乱糟糟的。陈小进涨红着脸，站起来大声说：“之前咱们已经商讨了初步意见，围绕着意见说。”高小香冲到会议桌前大声说：“今天镇长在，让镇长给评评理。”胡大海提高嗓门说：“小高庄村委会之前的初步意见，镇政府高度重视、认真研究了，具有可操作性。大家可以随意发言，还是那句话，要靠谱。不要有人身攻击呀。”会场顿时又安静下来，大家都瞪着眼睛，竖着耳朵。“瞧把她能耐的，眼珠子里就不容人了。”不知道谁突然怼了高小香一句。“就是，心里有愧还嚼行。”陈小进看见了胡大海递过来的眼神，又瞅瞅坐在身边的原村支书刘瑞东。刘瑞东始终红着脸，根本没有发言的意思。陈小进大声说：“这件事情是上届班子确定的事情，其中存在着瑕疵，以前的事情既往不咎了，流转土地涉及全村各户的利益，这是一件大事，承包户维护自己的利益也没有毛病。经过几次会议商定，每亩土地承包费由850元调整为1100元，土地经过实地测量由460亩调整为560亩，之前确实存在核实不准的问题。合同到期，原承包户优先承包，重新签订合同。”话音刚落，高小香跳着脚叫嚷道：“这是欺负人，你第一书记有啥了不起，你说啥就是啥了。”会场又乱糟糟起来。就在大家交头接耳的时候，刘瑞东突然站起来，脸憋成了绛紫色，眼睛里喷着火舌，厉声说：“合同里面约定，土地承包费随着行情可以每年度调整，另外，合同当初签订的时候，亩数问题就是造假，如果不同意郑书记说的方案，追究法律责任。是否存在腐败问题，我第一个站出来接受调查。谁也不要心怀鬼胎。”顿时，全场鸦雀无声。

回想到这里，刘大大汗淋漓，他心里清楚，那都是苏二生中间捣的鬼。搬起石头砸自己的脚，如今坐牢了。那天，终于解决了土地继续承包的问题，马上组织插秧，村民不再阻挠。高小香觉得在全村老百姓面前丢了份儿，心里不舒服。可反过来想，如果不是胡镇长和郑书记出面协调，恐怕这地还是种不上。可这张口让陈小进帮着想办法解决秧苗的事，他刘大难为情不说，担心陈小进恐怕不会管呀。

远处知了不知疲倦地叫着，心烦意乱的刘大低着头往回走。

太阳转到头顶，晌午了。阳光耀眼，树木、庄稼、青草都沐浴在阳光里，拼命地拔节，一派生机盎然的景象。四婶子踩的缝纫机的轮子，旋转飞快。她舍不得歇会儿，收了定金，看见活儿就着急。缝纫活儿，她可是半路出家。她是赤峰人，年轻那阵子嫁到了小高庄，没想到丈夫竟然比自己大了十岁。那年月，稀里糊涂就结婚了。丈夫老实巴交，只会干活儿，从不言语。

丈夫催了三次，晌午了，该喂脑袋（吃饭）了。四婶子这才在铁锅里放好蒸屉，麻利地将一碗排骨、一盘子炒好的土豆和半盆子米饭放好，让丈夫烧火，水开了，三分钟就能吃了。她脚踩缝纫机像脚踩风火轮一样。大草原出来的，本应该粗犷，可四婶子在活计上偏偏心眼细得像针鼻儿，裁剪衣服，一袋烟的工夫就能学会，回来几剪刀就裁好，个把小时像样的裙子就能穿了。刘二丈母娘的裙子都是出自她的手，不比网上买的差，活计实在，布料穿着舒服。

热气腾腾了，她也完活了。两个人坐下来吃饭。“当家的，你吃块排骨，这是三婶子大香送来的。她家娶个财神奶奶，小香就是有本事，要不她家的日子哪有咱家好过。”四婶子一个劲儿地将盛着排骨的碗往当家的眼前推。“刘大也能干，三天两头见不到日头。”当家的夹了一块排骨送到了四婶子的碗里。四婶子又给夹了回去：“我喜欢吃土豆，排骨太油腻了。”当家的好像想起刘二，大声喊：“刘二，刘二，吃饭了。”四婶子说：“喊他干啥？成天像抱窝的老母鸡，还等着三请四请呀。自己的老婆都看不好，窝囊废。”当家的嘴里嚼着土豆，哼哼着：“孩子也上火，少说两句。”四婶子始终不明白，当家的咋就这么惯着儿子。上班的时候，从不让刘二到地里搭把手，下班了就躺在炕上打游戏，把他们两口子累得贼死。刘二慢吞吞过来，头发乱蓬蓬的，端起饭碗，一个劲儿地夹排骨。四婶子用筷子敲打着饭碗发出声响。刘二不傻，心里嘟囔着，扔下碗筷进屋了。四婶子顿时火冒三丈：“半年没挣到一分钱，你倒是帮着你爸下地干活呀，不下地也罢，媳妇都没看住，媳妇也跑了，还挺任性。咋生个你这样的败家子。”当家的撂下一句：“我去花生地打药。”扭头出了门。四婶子心里不痛快，不急着收拾碗筷，拿起缝好的裙子也走出家门。顿时，屋子里安静下来，也不知道刘二在房间里鼓捣啥，总之没有声响。

声响是敲门声。陈小进和妇女主任走进了院子，院子里两棵石榴树将枝条伸到窗台上。“有人吗?”从窗户探出个脑袋，好像是树上的鸟巢。“家里没人。”陈小进循着声音看见了刘二。“你是不欢迎呀，还是要出门呀？如果不方便，我们下次来。”陈小进等着搭话。妇女主任推开屋门进去了。“这咋成了城里人，还要午休呀。”刘二只好起来，朝着妇女主任说：“二嫂子呀，爸妈都不在家，家里的事我可不管。”刘二始终低头扒拉着手机。陈小进站在堂屋中央，看见了缝纫机下面的碎线头，脸上挂着浅浅的笑。妇女主任给陈小进拿过来一把椅子，三个人坐在堂屋。“你是刘二吧，我是第一书记陈小进。”没等书记说完，刘二睁着惺忪的眼睛说：“你不认识我，我可认识你，县电视台都宣传你了。”妇女主任抢话说：“刘二，这次陈书记是想和你妈谈谈组建缝纫社的事情。”没等说完，刘二就说：“我妈的事，跟我说就等于没说。”他脸上挂满了事不关己、高高挂起的神情。陈小进不紧不慢地说：“刘二，听说你媳妇回娘家了，是不是你只顾打游戏的原因呀，听说你玩《王者荣耀》到了什么荣耀最高段位了。咱把心思放在过日子上呀。”妇女主任偷偷笑着望着外面，这时四婶子进屋了。刘二刚想起身，被陈小进按住了肩膀。“一会儿，咱哥俩聊聊。”刘二不屑地说：“聊啥聊，村委会啥事都管，我们家里的事都清楚，你们安排奸细了。”四婶子笑着的脸马上晴转阴。“这败家孩子，咋和书记说话呢，咱有困难可不就找领导嘛。陈书记，你看我儿子下岗半年了，也没有找到工作，您门路宽，帮忙给找个工作吧。”刘二扭头进屋了。

三个人落了座，妇女主任直奔主题，拉着四婶子的手说：“四婶子，我是给您报喜来了。”四婶子眉梢微动，随即紧蹙在一起。“好事不出门，坏事传千里。刘二媳妇跑回娘家的事，你们都知道，我也不掖着。又让买房又让换车的，这不都是钱在作祟吗?”陈小进笑笑说：“四婶子，当前就有个财路，您发财的日子到了。”四婶子一头雾水，喃喃地说：“财神爷进家门了?”妇女主任三十出头，浓眉大眼的，说话办事麻利，是陈小进的好助手，宣传入户的事情让陈小进特别放心，关键她会化解不顺利的事情。“四婶子，5月23日，巨型稻插秧，市电视台现场直播，关注的粉丝达到五百多万人，这下咱小高庄可出名了。你知道吧?”四婶子点点头，每条街都在议论这事，听说县委书记都来了四趟。妇女主任接着说:“如今呀，两米高的稻子，咱鱼米之乡的农民看着都稀奇，那全国有多少人想亲自看看呀。这不为了接待游客，镇政府帮着规划旅游特色村。计划着成立羊汤馆、缝纫社、国学堂、红纸坊、年画博物馆，把咱们之前的特色都展现出来。想请你担任缝纫社的社长。”四婶子听得云里雾里。这不都是旅游区搞的东西嘛！她眼睛里装满疑惑。“咱们小高庄也搞旅游呀，有人来吗?况且，我只会缝纫机上的活儿，别的我也不会呀。你们另找高人吧。”陈小进站起身:“你们聊做衣服的事，我和刘二聊聊网络的事，让他直播带货，让咱们小高庄也火一把。”留下妇女主任和四婶子喋喋不休，四婶子的眼珠子忽闪忽闪着，好像听出了门道。一袋烟的工夫，屋内传出来陈小进和刘二的笑声。四婶子又摸不清了，这书记是给吃啥药了，刘二都好长时间没见着笑脸了，别说笑出声呀。

太阳不等人，悄悄往西落。四婶子和刘二站在大门口，望着远去的书记和妇女主任，脸上就像阴雨多少天，突然放晴了。“刘二呀，他们让我就做些小孩的喜庆衣服，暂时在家里做，每件40块，村委会出钱收购，在村委会广场建集市。我合计了一下，一天做四件，去了成本，每天也收入个百八十的。我的天，这是真的吗?”刘二捋捋杂乱的头发，没有搭腔，他合计着，书记让他研究研究抖音，还让他明天就去合作社当统计兼文案策划员。这都是高级说法，自己吃几两干饭呀，恐怕干不了。但又一想，去了给开支，要不先去再说。“妈，明天我去合作社上班，书记刚才说的。”说完将四婶子撂在门口，嘴里嘟囔着“百度、百度”。四婶子更蒙了。刘二也可以掺和到合作社的事，这是她万万没有想到的。之前，合作社入股，小香拦着不让，说合作社是短命鬼，长不了，入股不是把钱打水漂儿嘛。她站在大门口，西边的最后一缕阳光，把她整个人镀了金边。

八月的田野满是浓郁的绿色，是早已经褪去了鹅黄的嫩绿。这满眼的绿在田野里拥挤着，成为大地的颜色。村东头的地块是村委会留出来的机动地，九家大学生的地就是在这块地给补上的。

公鸡打鸣时也就是凌晨四点多，田野里人影绰绰，趁着凉快，大家穿梭在一人高的棉花地里，给棉花掐尖。棉花长疯了，不做棉花桃。满仓家的浑身上下湿淋淋的，紧挨着的是小香家的棉花地。小香还在梦乡里，大香像是伸展着翅膀的老母鸡，熟练地在棉花垄的中间左右开弓，从掐尖的熟练程度可以看出她是老农民了。她还要赶回去做早饭。农村早饭简单，就是把前一天晚上剩菜剩饭热了就吃。“婶子，你家的棉花比我家的好呀。”满仓家的早看见了大香在相邻的棉花地里。没有听见搭话，满仓家的敞开喉咙喊：“婶子，小香还在睡大觉吧。”也许是听见了小香的字眼，也许是想接话茬儿，也许是怕满仓家的这头驴会大呼她的名字，大香抬起头，望着声音的方向，吱吱的笑声先传过去。“满仓家的，你可真勤快，比我来得还早呀。”

大香并没有正面回答她，心想：明知小香在睡大觉，这是故意寒碜我呀。全村老少谁都知道我大香怕儿媳妇，就你是广播。大香心里不快，掐尖的速度就慢下来了。她心里火急火燎的，本想着把最后三条垄的活儿干完了。碰到这个娘们，唠嗑耽误干活儿。“婶子，你说这两亩地不是白捡的嘛。咱们要是不闹，我上大学的儿子的这两亩地肯定没戏。”大香的丈夫曾经是生产队队长，对村委会的事情从不掺和，他知道村委会的工作不好干，总是嘱咐大香别在外面嚼舌根子。自己的老婆可以管，自己的儿子和儿媳妇说了也没用。他也就不说，随便他们去折腾，可心里总觉得他们的做法不妥当。和村干部较啥劲呀。谁也没有把谁的孩子推井里去，和和气气地说事。这年头，就这揍性。小的几乎没有听老子话的了。凭良心说，插秧秧苗买不到，还不是书记陈小进给想办法从邻县弄来的。大香知道满仓家的嘴快，掏心窝子的话不能说。大香抹把汗，故意说：“现在的干部就是办事。你说，这孩子们上大学给不给土地的事搁浅了几年，这就给解决了。心里也亮堂。”满仓家的人高马大，棉花只到她胸脯的位置，掐尖的活儿干起来比大香容易得多。人胖容易出汗，宽宽的脑门滚着汗珠子，心里却美滋滋的，孩子的土地给了，好像她这个先锋官立下的功劳。她抢着说：“这件事，要是没有我在前面冲，恐怕还解决不了。”大香听得清清楚楚，因为两个人只有十几步的距离。但是她懒得和满仓家的说话，成天吹牛。为了棉花能多卖几块钱，就像是无头的苍蝇围着小香转。这要是小香在这干活，她早奔过来了，家里的棉花掐尖先不干，先帮着小香干活了。这种人差劲。大香清楚地记得那天召集九户，在村委会开会解决大学生到底给不给土地的问题。胡大海镇长又跑了来坐镇。陈小进书记说得好，综合各方面的意见以及参照相关事例，决定根据原来村里大学生的实际情况，大专生补3年，本科生补4年，按照当初土地统计数据，每人2亩地。现在的村干部办事就是不拖泥带水，干脆利落。人家陈小进还说了，乡村振兴是大家的事情，是全村老百姓的事情，要让老百姓的钱袋子真正鼓起来。冬季取暖舍不得烧燃气，夏天开空调舍不得电费，有病拖着不去医院，这不都是舍不得花钱嘛。只要是生活富裕了，老百姓的观念也会慢慢改变。幸福生活是啥？就是活得舒坦。大香在心里想，这个小书记有头脑，小高庄的明天错不了。

正想着心事，那边满仓家的又扯开大嗓门了。“婶子，你们四婶子现在可牛气了，缝纫社社长。你蹬缝纫机比她不更快。”大香也为了这件事情烦心。

村子里很多人都这样说，她大香在缝纫机上的活儿在四外八庄是有名气的。四婶子缝纫机上的活儿还是和她学的。四婶子直性，干活麻利，有着来自赤峰地区的老祖宗辽国的血统，粗犷、豪放，说话直来直去。刚进门那会儿，大香是手把手地教。四婶子聪明，只要是看明白了，准把衣服做得妥妥的。缝纫机上的活儿，说实在的，在衣服花样和搭配方面，确实领先了。大香也在心里琢磨，是不是小香总掺和事。干部怕出啥差错，才没让自己当这个社长呢？人要的是脸面。大香为这事牙疼了好几天。

“你说，我哪有空闲参加缝纫社呀，一大家子吃饭，抽空我还想帮着你叔干点地里的活呢。”大香说的也是实话。一家子人都像陀螺，转个不停。

“我要是你呀，去找村委会理论理论，我咋就不可以当这个社长，听说，一天能挣一百块呢。”满仓家的话像一把盐巴撒在伤口上。大香对社长不社长的不感兴趣，但对那一天一百块感兴趣。一年算下来可是一笔不小的数目。虽说刘大、小香两个人一年能挣二十多万块，可她见不到几个钱，有时候还要从自己兜里掏钱买菜买肉。小香对外人大方，对大香可是算计着给钱。父母就是拉车的驴，为了子女心甘情愿，可有时候，就怕比较，谁家儿子给老妈两千块零花钱，谁家儿媳妇给婆婆买了羊绒毛衣。这些年，大香从没有享受过，她知道自己的儿子不当家。其实，大家都知道大香的处境，偶尔打趣时，给她戴戴高帽，说她有个会挣钱的儿媳妇。大香自己清楚，她是脸面有光，兜里寒酸。

“孙子都上大学了，我一把年纪了，让我干我都不干。”大香说完，挤出棉花地，迈上埝埂，回头朝着满仓家的吐口唾沫，“这大早上的，碰到这个嚼嘴的娘们，晦气。”她骑上自行车，忙着赶回去做早饭。

阳光一会儿就热了。满仓家的忽然看见大香骑车走远了，自己也干着没劲儿，呼啦啦地从地里走上坡，身后传来棉花叶子互相碰撞的声音。她心里也盘算着，自己也要掺和掺和，也挣点钱呀。便宜可不能都让别人占了。满仓家的扭着大屁股，远远地像只大黑熊进村了。

太阳刚露头，村委会门前就聚集了很多人。东侧的旧库房改造完成，青砖青瓦，收拾出了明清的味道。不大的招牌，一字排开，高记羊汤馆、村姑缝纫社、刘记豆花坊、小卖部、直播打卡间，家家热闹。高商集团的老总带队来考察，听说这会儿到了巨型稻的试验田，很快就到这里。高三爷挺着大肚子，早早地守候在高大的不锈钢电锅前，不住地用勺子翻腾着已经沸腾的高汤，里面是两副羊骨架子，羊膻味飘出老远。高三爷自从支起锅、搭上灶，像花椒一样的嘴就没有合拢上，睡觉都偷着乐。其实，这件事情也是高三爷没有想到的。村子里的几件事都有小香在里面掺和，他就想，村里有啥好事也轮不到他高三爷的头上了。可偏偏为了发展农文旅，书记陈小进亲自上门，和高三爷爷俩相称。村子里的人都说这是“三顾茅庐”呀。

高三爷耳朵挺尖，听说要恢复高记羊汤馆。按理说，他高三爷当仁不让，自己“玩弄”羊汤那是行家。可始终没有人搭理他，碍于脸面，他也不好意思打听消息。高三爷16岁进城在回民馆当伙计，从伙计到菜墩，后来到了二厨，主要负责凉菜和羊汤。羊汤和大饼，是绝配。高三爷渐渐有了名气。他自己吹嘘，曾经四次进入县政府的食堂，给高级领导做过羊汤。县长还给过他两次茶叶，那茶叶好了去了。虽已成为历史，每每和同村人说起这件事，依然脸上有光。

太阳升起来，散落在院子里，高三爷没有心情，懒得吃早饭，站在后院看着菜畦里的杂草，也懒得除草。小香三天没有来了，说是在给水稻打药，那都是爷们干的活，妇女家家的，啥事都掺和。最堵心的是四婶子已经将缝纫机搬到缝纫社，刘文桥也支起了豆花的锅灶，唐先生也忙活着小卖部的进货、记账，就连刘二和几个年轻人也在装饰着打卡直播间的事。高记羊汤馆的招牌还没有挂出来。虽说年纪大了，提起做羊汤，高三爷心里还是痒痒。人嘛，都想有个存在感。正在打愣神的时候，小香到了堂屋。“爹，您吃早饭了吗？”小香打开锅盖，铁锅内空空的。“你瞧你四婶子多神气，走路都带风了，缝纫社的衣服都挂满了。”高三爷眼里流露着无比羡慕的神情，而眼神并没有离开菜畦里的那些杂草。小香扯着嗓门大声说：“爹，啥羊汤不羊汤的，您这把年纪了，咱也不差钱。请咱去，咱还不去呢。”小香的话正和高三爷的想法扭了麻花。高三爷蹲下肥胖的身子，粗壮的大手发泄似的揪扯着杂草，嘴里嘟嘟囔囔“都是你惹的祸”。“爹，我给您煎蛋吃吧。”小香刚要拉开冰箱门，高三爷没好气地说：“我不饿，你忙你的去吧，狗饿了还知道找食吃呢，况且我这个大活人了。”小香知道自己的爹为啥发火，可这事也不能上赶着找书记去呀。她知趣地迈出了房门，匆匆往村外的稻地走去，身后留下高三爷的骂声：“这不是钱的事，这是脸面的事。这死丫头，人都让她给得罪完了。”

呼哧带喘的高三爷满手泥巴地进前院准备洗手，陈小进大步流星地进院了，后面跟着的是刘瑞东。“三叔呀，您是高人要请呀。”刘瑞东说完就坐在了院子里的一块石头上，大家都没有进屋。高三爷心里总算一块石头落地了，可绛紫色的脸上平静如水。哗啦哗啦在水龙头前洗完手，扭头说：“两位书记来肯定是有大事呀。是不是我家二姑娘小香又惹啥事了？”刘瑞东马上接过话茬儿：“我可是卸磨的，不是书记呀，您可别埋汰我了。陈书记想请您出山，把高记羊汤搞起来，现在旅游的都进村了，就是没有落脚的地方，没有喂脑袋的地方。”高三爷此时反倒不紧不慢了。“高三爷，您是出了名的厨师，农文旅需要您的支持呀。”高三爷仿佛突然之间懂得了自己的价值，慢条斯理地看着满头大汗的陈小进和悠哉悠哉的刘瑞东，话锋转了。“我年纪大了，翻弄羊骨头那活儿干不动了。”刘瑞东掐灭手中半截的香烟，慢悠悠地说：“您的手艺没得说，如今小高庄要腾飞，需要咱大家齐心协力，高二强的羊汤手艺是您孙子辈的，您身体条件允许就出山，这也是给咱县里作贡献。您若不成，只好让高二强先顶着开张了。”阳光照在脸上有点发烫，高三爷没有想到他们会想到高二强，一时接不上话，涨红着脸。“高三爷，您考虑考虑，不急，回头听您信，镇里还有个会，回头再来看您。”陈小进没有把话封死。来之前，刘瑞东预测到了这样的结果。人走远了，高三爷还没有缓过神来。这事咋让自己搬石头砸了自己的脚了？痛快答应不就完了。高三爷自己跟自己怄气，好像更没脸见人了，把自己关进屋里。

高三爷被汽车的喇叭声从回忆中拉回来。“高商集团老总进村了，大家都精精神神的。”高三爷这才缓过神。胡大海镇长满头是汗，刚才在巨型稻的试验田上，高商集团的老总高麒麟竟然朝着大龙湾的方向单膝下跪，捧起一把热土。在场的从县里到镇里的干部，一个个木呆呆、直戳戳的，竟然没有一个上前搀扶。胡大海自己在心里骂自己，关键时刻掉链子，眼睛就是不出气。为了这次接待，胡大海做过功课。高商集团一直致力于资助、扶持民间大规模农业生产的增长，倡导智慧农业的生产，重点投资大规模农业生产设施建设。可偏偏没有“百度”搜索到老总高麒麟的个人简历，高麒麟的举动让人捉摸不透。

“高总好，小高庄地处县域的北部，大龙湾的胳肢窝的位置，土地肥沃，耕地资源丰富。我们积极打造农文旅体系建设，目前还是起步阶段。眼前的这些是按照传统工艺恢复的手工作坊，便于游客休息，品尝和欣赏手工制作的美食和小工艺品。”高麒麟人高马大，浓眉大眼，白色的衬衣没有一点儿的褶皱，满面春风。他人往摊位前走，胡大海赶忙让大家靠后，伸出手示意，前面就是高记羊汤馆。此时这里已经围得水泄不通，早传出去了，说大老板来投资了，咱也可能像搬迁户一样住上楼房了。村里人个个笑脸灿烂，胡大海可是心里打鼓，生怕哪点不妥，接待不周，把县里好不容易引进的项目折腾黄了，汗珠子叽里咕噜往下掉。正在这个节骨眼上，一嗓子让所有人为之一惊。高麒麟稳稳钉在了那儿，好像受了惊吓。县领导赶紧往前，刚要说话，就听见：

打铜锣，吹喇叭
门楼子大马车

吹吹打打贵客到
里三层，外三层
迎接贵客你慢步行

南来的是官，北往的是商
站在我十字街你停一停
鲜有羊，味是汤
喝了这碗嘞
你做梦都香

高三爷像天津泥人张捏出的塑像，露着肚皮，眼睛瞧着远方，张着嘴，身子一动不动。高麒麟第一个带头鼓掌，接着掌声雷动。全村人都没有想到，这是老高记羊汤馆的吆喝。他要不来这嗓子，恐怕所有人都认为已经失传了。高麒麟这一上午说出的第一句话就是："您这羊汤有讲究？"他眼睛里闪着光，好像对这手艺很在行。高三爷上前一步："您好，这夏天的羊汤可有讲究，要三放三不放。放姜片、葱段、洋葱丝。不放花椒，味道太重会影响鲜味，还会让汤变黑；不放大料，影响羊肉的口感和汤的鲜美；不放醋，会让鲜汤变味。您来一碗。"高麒麟面露微笑，频频点头。让所有考察的人到屋喝羊汤、吃大饼。县领导只好跟着进了屋，看来提前准备的饭菜算是泡汤了。

不大的房间挤得满满当当，就在高三爷忙着给碗里加汤时，高麒麟沿着碗边滋溜滋溜喝着乳白的羊汤，随口问了一句："您在老高家是哪个字呀?”高三爷笑眯眯地说:“家父是国当中,高国良,我这辈是夫字收尾,高刚夫。”高麒麟不再言语,独自享受。

这顿饭足足吃了一个小时。小汽车都驶出了村庄。胡大海这才拽拽陈小进,说:“咱也来一碗羊汤吧。你小子放心,这事妥妥的了。”陈小进说:“高麒麟也没说啥呀。”高三爷神秘兮兮地凑过来说:“这个高老板是不是东北那支的高姓的后代?因为我听说祖上在山东就是开羊汤馆的,他对羊汤的讲究好像很明白。来吧二位,这锅底的汤更稠,都是骨髓的精华。”胡大海大嘴一张:“来两碗。”

刚送走县作家协会采风的作家们,陈小进看着天暗下来,眼瞅着这是要下雪了,调高了暖气的温度。刘瑞东正忙着收拾给八十岁以上老人慰问的物品。马上就是年关了。农历二十三小年,村里计划请县评剧团来唱三天戏。还有几天就到了。舞台都搭好了。一天三出戏,演员要住下。民俗院落只装修出来5套房间,还有十几人的住处没着落。雪花轻轻地飘落,这寓意着瑞雪兆丰年。年底考核,小高庄五星级。巨型稻试验成果收割脱粒时,省电视台全程直播,连副省长都到了。这一年累巴巴的,但陈小进心里是甜蜜的。“老刘,你先过来,咱商量一下唱戏的事情。”刘瑞东放下统计表,递过来一支烟,陈小进摆摆手。唱戏是全体村民的心声,说如今过年就只有肉味、鱼味,没有了年味。请戏班子唱大戏,庆祝庆祝吧。这事请示了,镇里、县里都支持。丰富农村大舞台,好事可要办好。“老刘,演员吃饭的问题好办，住宿这问题咋办?”刘瑞东点燃香烟，姑娘买的中华烟抽完了，换成了恒大牌。烟雾升腾起来。“你看找几户人家，住到各户吧。”陈小进实在想不出啥好办法。“恐怕没有空房呀。这大戏已经二十多年没唱了。各家各户的都在准备，快过年了，都图个热闹，各家亲戚们都会来看戏。这和老辈子一样：拉大锯，扯大锯，姥姥家，看大戏。我儿媳妇的娘家妈、娘家姨、大舅母、二舅母都说要来。我家都住不开了。”雪越下越大，就像天空开着口子，棉絮纷纷扬扬。望着窗外，突然，门推开了，寒冷的风嗖地一下钻进来。刘大爹头顶着棉花套子，浑身白，跺着脚，拍打着身上的雪。刘大爹长驴脸，皮肤比刘大白净，满脸的皱纹，腰有些佝偻。“陈书记，这大雪天，您也回不了县城。中午就到我家吃饭。都准备好了，涮羊肉。”刘大爹满脸的诚恳，没有虚假的样子。实话实说，陈小进和刘大爹接触不多，和他儿媳小香和刘大打交道却不是一件两件事。“志刚大爹，就不麻烦了，下着雪，把屋子踩脏了。”陈小进知道刘大爹的大名叫刘志刚。村里正组织县作家协会的作家们帮着写村史，资料里刘志刚的名字可是响当当的，他是曾经的村干部。“您是高小香搬来的救兵吧，又有啥事求书记呀，村里的事别胡搅就阿弥陀佛了。”刘瑞东说完，想起这些年当干部没少受高小香的“算计”，心里始终存着不友好的疙瘩，总觉得高小香办啥事太自私。“老刘，你是干部，不能这样说话。”陈小进没说完，刘瑞东摆摆手：“走，雪天就适合涮羊肉，我也沾沾羊膻味。”刘志刚只是尴尬地笑笑，没有言语。

雪已经下了厚厚的一层，房屋、树木、田野覆盖着洁白的雪花，仿佛世界都安静了，没有了吵闹，没有了纷争，没有了不愉快的心事。刘志刚在前，每迈出一步，脚下发出咔嚓咔嚓的声响。天空落下的雪浮在街道两旁树木的枝条上，枝条随着风慢慢地摇晃。大街上早已经有孩童们在玩雪，只是安静地用手接着飘下来的雪花。不像过去的孩子们穿着破旧的棉裤棉袄，将雪花用手攥成雪球互相打雪仗，一场战役下来，总有头上顶着大包的，回到家里，让家长吼一通，才让吃饭。

转个街就到了刘志刚的家，红彤彤的大门显然是大红油漆的产物，在洁白的世界里格外显眼，透着自信，略带着夸张。热气从堂屋飘出来，满屋子的人。“呵，这是大摆筵席呀。”刘瑞东没有跺去脚上的雪，直接进屋了。高三爷和刘志刚是亲家，他在，刘瑞东是猜到了。刘大的四叔、四婶子、刘二、刘二媳妇，一大群的孩子们分不清是哪家的。陈小进在村子里吃过饭，可没看见过这阵势，三个屋，摆了三张桌子，铜锅滋滋冒着热气。并没有看见刘大和高小香的身影。“陈书记，按照农村坐桌的位次，长辈在里，晚辈在外，你是书记，你这一年为我们村子没少受累、操心。今天，你坐中间。”刘志刚很少说话，说话大家都同意。陈小进望着这么多长辈，自是往外挤。“你就别客气了，你再往外挤，就到外面雪地了。”高三爷的话，逗得大家哄堂大笑。陈小进还想往外，早被刘二给推到了里面。高三爷、刘志刚、刘大四叔、刘瑞东纷纷落座，没了缝隙，他只好坐在了高三爷的身旁。酒是当地的芦台春，说是起源于清朝乾隆年间，如今也是地标性产品。刘志刚站着，大声说："今天攒这个局，主要是快过年了，今年是咱小高庄人最高兴的一年，民宿建设，缝纫社成立，巨型稻试种成功，听说，明年巨型稻还要扩大规模，喜事连连。我当过大队干部，知道村干部不容易。你说陈书记山东人，在咱这扎根，更高尚。不为了别的，我服气。干杯。"刘志刚开局就激动了，大家拦着干了半杯酒。刘瑞东脸上挂着复杂的表情。如今替村干部说话的人越来越多，他那些年干的，那是委屈。

四婶子看见大家喝得尽兴，端着啤酒从西屋走过来。她在西屋竖着耳朵也没听见老头子说啥。她知道自己的老头子不会说话，这场合咋着也要说两句。四婶子满面红光。"书记呀，我敬你一杯。我活了大半辈子，活到老还当缝纫社的社长了，这是我娘家祖坟冒青烟了。最关键的是，刘二和他媳妇如今成了网红了，收入不说，一家子和和气气的比啥都好。"说完，一杯啤酒下肚了。同样满脸通红的陈小进站起来，激动地说："四婶子您说严重了，我大学毕业，干了三年党务工作者就来咱村当书记，说实话，没有村领导班子，特别是刘瑞东老书记，没有村民代表的扶持，根本没有今天。"说罢，他眼里噙满了泪水，深深鞠躬，仰头干杯。所有的人突然之间就被感染了，心里酸酸的，眼泪含在眼里，每个人都激动了。"人心都是肉长的，小陈刚来，很多人不拿他当回事，处处为难。我没有解决的几件事，他都给大家有了交代。我是彻头彻脑地服气。"刘瑞东从胸脯红到头顶，敞开着怀。大香额头渗着汗珠，眼窝子浅，泪水涟涟，薄嘴唇颤抖着说：“刘二的丈母娘说了，一定来看大戏，啥县城买房，又换新车呀，暂停。这个小高庄成精了，一年咋就变化这么大呢。我也敬敬小陈。论辈分，你叫我大娘。我缝纫机的活儿也棒着呢，我也加入缝纫社。”陈小进不住地喊着大娘。

谁也没有在意，这时外面的大雪足足有半尺厚了。酒没少喝，陈小进心里清醒，咋就没有见到高小香和刘大两口子呢。心里猜不着这葫芦里卖的啥药。

突然电话响了，是郝丽的电话。郝丽说小高庄有个叫小香的两口子到家送了一车过年的年货，说和你是磕头的哥们，东西不留下，说啥也不行，也没吃饭，顶着大雪走了。

一股暖流流遍全身，陈小进心里清楚，关于土地承包的事情，高小香、刘大两口子对处理的结果不满意，啥事都搅和，请高三爷出山，高三爷愿意，是高小香在背后阻拦，要不是他悄悄找刘志刚帮忙，背地里做工作，恐怕事情不是那么好办的。他们插秧缺秧苗，陈小进帮着联系秧苗，背后还造谣说他中间吃了差价。满仓家的到村委会大闹，说村委会找临时工不公平，也是她背后鼓捣的。

从事农村工作要豁达，要稳住神，要一碗水端平，要学会忍耐。这是胡大海镇长送他到小高庄上任前推心置腹的嘱咐。

突然，外面大门咣当响。大家纷纷跑出去看个究竟。刘大和小香浑身是雪，摔倒在门口。两个雪人却满脸的微笑。汽车开不了，把汽车扔在路边，步行三里多路，走回来的。大家纷纷上手，忙搀扶着两个人进屋。刘大嚷着要给他倒酒。大香忙着给儿子擦雪，刘大冻得脸色青紫。大家以为他要喝酒暖暖身子，他却把酒杯端到陈小进的面前，半天才结结巴巴地说：“咱俩是同龄人，就是哥们，之前的事就别说了。退出合作社，给巨型稻造谣的事，最操蛋。今天，我是将功补过。我们去了县城，我表哥是文化馆的谱曲老师，请求他帮助咱们村马上创作一首歌曲《大龙湾下》，唱大戏的时候就来人演唱。咱小高庄就是卧在大龙湾下的金窝儿。前些年，村里建设玻璃厂，华北地区都用咱玻璃厂的玻璃，如今，咱又有了巨型稻，咱的好日子过也过不完。”陈小进万万没有想到，一向不爱说话的刘大这么有心。唱戏没有问题。镇里的意见是，《杨三姐告状》《花为媒》《秦香莲》《小二黑结婚》等这些传统曲目可以唱，老年人喜欢。可也要有鲜明的时代特色的作品呀。为这事，他发愁好多天了。那天大家在村委会说这事的时候，刘大在场。没承想，这个难题，刘大给解决了。

每个人都像涨潮的波浪，顿时亢奋了。就在大家鼓掌，说刘大可干了一件人事的时候，刘大偷偷瞧着小香傻笑。

电话又响了，是胡大海镇长的电话。陈小进挤出屋子，站在院子里想透透气。电话那头好像很着急，要陈小进马上准备稿件，镇里、县里都要审核，农历二十三要到省里作先进典型发言。陈小进不知不觉走到了村口，电话那头在不停地强调着重要性。陈小进呼着白气，告诉对方，那天村子里开锣唱戏，他要在全村人的面前说说心里话。他坚持着自己的意见，电话那头着急地问："唱戏重要还是去省城作报告重要?""都重要。但是我必须留下来，您是镇长，您发言最合适。"陈小进没有再理论，关机了。

望着远处白茫茫的田野，颇有山河如此壮观的感慨。雪花轻柔，银装素裹，分外妖娆。陈小进心里清楚，高商集团已经与县政府签订协议，开发整个镇：组建新农合服务社，开发万亩土地，大面积种植巨型稻，发展立体智慧农业。明年的任务会更重。

他仿佛看见远处的大雪慢慢融化了，变成了万亩水乡，大龙湾碧波荡漾，就像一条巨龙蜿蜒着，伸向大海，田野里秧苗齐刷刷地沐浴着阳光，忽然之间，吐出稻穗，泛着浅黄的光。四周绿野，将小高庄环绕在怀抱。满眼的绿色，满眼的希望，绵延的绿色一望无际。

陈小进完全将我和郝丽带进了农村的场景，我忽然觉得，他成熟了，像他这个年龄，我还在乡镇搞奶山羊养殖，还跟在刘少英屁股后面学习呢。时代变化了，年轻人的视野远远超出我们那个年代的人。时针指向十一点了。郝丽还在催着儿子讲，她好像陷在了其中。我慢慢起身，躺在床上，困意袭来，也许是酒精的作用。客厅里，陈小进还在滔滔不绝，也许也是酒精的作用。郝丽始终侧耳倾听，好像她不是在听故事，而是在欣赏自己的儿子。

第六章

没啥别没钱，有啥别有病。

我病倒了。

在洁白的床单上躺了26天，时间像黏稠的丝网将我包裹得严严实实，我努力挣脱，却很难破茧而出，大口喘着浑浊的气体以及我浑浊的意识。

微微发白的天空将最新鲜的空气从窗子外挤进来。我无法安静，使出全身的力气，翻身侧躺着，歪歪扭扭地将上半身子挺了起来。

“先躺会儿，天还没亮，放心，今天咱们回家。”郝丽从折叠床上蹿起来，我知道她担心我的刀口。我将眼镜递给她，她疲惫的眼神里闪着让人信任的光，洒在我的全身。我有气无力地侧身躺下，将后背留给她。

护士按床发放体温计，从一个病房到另一个病房，然后再记下每个病人的体温，收回体温计。

身材短小的护士轻轻拍着我，告诉我今天出院，不用再测体温，那如弯月的眼睛告诉我，你康复了。随即转身，门轻声地响，她有忙不完的活儿，没有时间和我闲聊。我知道，护士每天测体温的时间是早上五点半。

和我闲聊的是郝丽，每天不停地说，说着我想知道的事情，更多的是安慰和关心，她想化解我的病痛和恐惧。我的确恐惧了，恐惧自己竟然早早躺在了病床上，甚至到了奈何桥，几乎要喝了迷魂汤。

楼道里声响嘈杂，那是一些伺候病人的家属，他们希望每一天的阳光和病人的康复情况早早来到。我知道，郝丽也是这样期盼的。

我能够听到自己心跳的声音，也许是想着未干完的事情，也许是惦记着生命中遇见的那些人。迷迷糊糊，睡意袭来。

门被推开，声响很大，门磕到了门框，惊起病房里所有的人。我努力睁开眼睛，一个裹着红头巾的女人，干瘪得像唐山的皮影人，她带着凉气三步并作两步冲到我的床前。

“陈进，陈进，你这是咋着了，铮铮铁汉说病就病了。”我看清楚了，来人是刘少英，这是我没有想到的，她是如何跑到了省城的医院，又是如何知道我挨了刀子。

我张着大口，气管被割开，声音半路就跑光了。眼皮衰老了，竟然抬不起来。我的脸一定比刘少英的脸还要蜡黄，要不她不会瞪着眼睛，好像我变成了妖精。

“你是干工作不要命，做事太认真了，没有好身体，终归都是零。”刘少英的高颧骨上滑过晶莹的泪，瞬间在凹陷的两腮滴答流下，我好像听到了落泪的声音，就像强大的海啸的声音，只是声音里有感情，没有海啸的肆虐。浑身上下插在我身体上的管子在颤抖，狂跳的心脏将动脉里的血急速分散到各个毛细血管，膨胀着我的身体，以至于头部出现了瞬间的疼痛。

郝丽将刘少英拽到病床旁边的椅子上。郝丽和刘少英是认识的，我带郝丽去过刘少英的家。

记得那天的早晨很温和，我和郝丽收拾停当，因为要有三个多小时的车程，我带好了水杯。车子驶出省城已经是上午十点多了。高速公路上，车辆不多不少，听说周末往往会出现拥挤状况。这对于游客来说，多少有些心急，可对于这条高速公路尽头的农家院的人来说，确实是好事。游客就是生产力。

“你给刘少英大姐打电话了吗?”郝丽的问话是多余的，因为我早就告诉过她，就是看看大姐，提前联系反而会让她大动干戈地准备，我了解她的为人。郝丽听说我要去看看大姐，她执意要去，她说大姐就是个奇人，也只有那个时代会造就她那样的人。

“我给大姐买了十条红围巾。”郝丽坐在副驾驶位置上，始终目不转睛地看着前方。我知道，她对我的驾驶技术不放心。

郝丽的话顿时让我心头一热，最理解我的人就是郝丽。因为我和她讲刘少英故事的时候，我给刘少英取了一个名字：裹着红头巾的女人。

阳光没过头顶，眼前是连绵的山，满眼翠绿，山连山，不高，不险峻，有了绿色就有了灵气，有了水就有了仙气。郝丽开始左顾右盼。

“郝丽，这里的山和你走过的巡线路线的大山有啥区别?”郝丽笑笑说:“你是在磕碜我，哪壶不开提哪壶。我那次也算是电嫂的一次体验。”

那次钻山巡线回来，郝丽像变了一个人。她说，要是没有我们父子俩，她也许不会对电力事业有更深的理解，那是一种体验，更是一种人与人互相尊敬的相知。

车子拐进小路，远处的小河依然泛着光，河面鲜艳得如一匹金光闪闪的绸缎，河水微微荡漾，河岸的野花同样铺成锦缎，错落有致，心一下子就安静了。

车子停在红色彩钢房子前。远处山坡上竟然出现了青黛檐瓦、白色粉墙的民宿，远远望去就像是一幅油画，安静得出奇。

眼前是锁头看家，门前有一丛草茉莉，黄色、粉色、大红、白色，以及带着斑点的花朵还没有完全开放，这种花在傍晚才会羞答答地完全绽放。不过，花的清香随着风飘出老远。

郝丽完全沉浸在这原始的环境里，跑到小河边，伸展着双臂，像一只大白鹭，呼吸着潮湿的空气。

我伸展伸展胳膊，喝口水，长时间的驾驶有些累。

“陈进，你看那山上的红点是不是少英大姐?”郝丽突然惊叫。顺着她手指的方向，远处山坡上一个红点在缓慢移动，就像树叶上的七星瓢虫。

那就是刘少英。我的第一感觉，几年不见，她还是喜欢在山里钻，她不喜欢安静，或者说，不喜欢在屋子里发呆。

我扯着嗓子呼喊她的名字，声音钻进树丛，一层层，一浪浪。忽然间，那个红点消失了。郝丽眼里闪着失望。我冲着她笑，她不知就里。

“山里走路就是穿梭在树林间，树木稠密就把人隐盖了，树木稀少的地方就能在远处看见。一会儿就会出来。”我的话音刚落，那个红点又出现了，也许她听到了有人在召唤她。其实，我们在大山里巡线也是不停地喊话，确认对方的位置，以免迷路。

刘少英说她没有听见我的喊声。她隐隐约约看见了一辆汽车，远处看就像一只甲壳虫。她以为是游客，但万万没有想到，我会和郝丽来看她。她两眼不时地打量着郝丽，从上到下，然后将目光停留在郝丽的脸上。郝丽不住地喊着“大姐”，被看得不好意思。

刘少英拉着我的手，紧紧攥着，干枯的手指就像硬邦邦的树枝。她不急着打开房门，她说：“上车，我带路，那山坡的民宿是我的新家。”

我驾驶着私家车在蜿蜒的小路晃荡，穿梭在两侧的树木间，斑驳的光点照射到车里，落在刘少英的脸上，将那张脸照得油亮。

车子停在铺满小碎石的停车场，民宿是一栋三层的楼房，往里走，迎面的白墙上红色的大字是隶书：李刚民宿。我忽然热血上涌，刘少英的心里依然装满的是她的儿子李刚。

会客的地方是个偏房，茶桌上摆着几盒茶叶，木制的家具古朴地排列组合，窗明几净，收拾得利利索索。郝丽往房间倒腾东西，竟然堆了一堆。

“你们这是搬家呀！”刘少英脸上挂着微笑，笑里带着开心，以至于将皱纹都堆积成一朵盛开的花朵。

“陈进说，想你了。大姐，你可是他的亲姐。”话音未落，刘少英的笑凝固成重峦叠嶂，每一条皱纹都似一座山，那双眼睛就像两潭水眼。她趺趺撞撞地扑在我的肩上，偷偷地说：“李玉林也要搬到民宿了。”

郝丽马上意识到言多语失，话锋急转：“大姐，您带着我们先参观参观吧！您这里可是世外桃源呀！”

刘少英嘴里说：“好，好，我带你们绕一圈。”可那双手紧紧抓着我的衣服。

从中午到晚上，刘少英不停地在忙活。我们终究没有走成，住在了民宿。

窗外传来细雨的声响，郝丽睡着了。我望着窗外，辗转难眠。刘少英对我的工作给予的支持是别人无法想象的，就像是自己的亲姐姐，那份关切始终留在心里。她告诉我，民宿是政府帮助申请的无息贷款。她还说，她要再干上十年，孙子长大了要用钱，要给孙子整套房钱。她说，周末民宿爆满。

望着熟睡的郝丽，她好像没有想到，一个人在人生的关口，能够有人帮一把的那份感动。

往事如烟，像过电影。刘少英攥着我的手。

“你想啥呢？眼睛都直了。”刘少英的话，把我从回忆中拉回来。

刘少英站起身说："你好好养着，我这就回去了。"我大声说："别走，回家吃饭。"她头也没回，往外跑去。我伸出的手没有拉住。

我的胳膊好像被谁攥得死死的，不能动弹。

我猛地睁开眼睛，郝丽和儿子陈小进都伸长脖子，看着满头大汗的我。

"做梦了吧。"郝丽关切地看着我。

"刘少英，刘大姐呢？"我环视着四周。

"爸，这是医院，我们办完了出院手续，咱们可以回家了。刚才，你做梦了。"陈小进将胳膊放在我的腰部，将我抱了起来。

原来，真是一场梦。也不知道，刘少英啥样了。

郝丽收拾着东西，足足两大兜子。

"稳定会儿，不急。"郝丽跟我说过，我说胡话，提到最多的是刘少英。

医院离居住的小区开车半个小时能到。陈小进的车载音响播放着《回家》，舒缓的音乐，钻进我的心里。

"爸，回头我带您到各景区去看看，散散心。这回您是闯过了鬼门关呀！"陈小进的话好像提醒了我，对呀，去看看曾经工作过的地方，当然包括曾经的老同事、老朋友，这种想法越发地强烈。

车子驶进小区，我微闭双眼。

和所有在鬼门关绕一遭的人一样，对生与死有了新的领悟。我看着郁郁葱葱的树木，羡慕它们伟岸的身躯，好像每一天都在生长。欢快的麻雀在枝叶间叽叽喳喳，没有烦恼和忧愁。突然，我心生一种无名的惆怅，好多事情没有干完，必须要抓紧时间。那种迫切像一股电流通便全身，在大脑回荡。

车子停到楼下，打开车门，迎面的阳光洒在我的身上，我仿佛也成了一束光，折射出五彩的光芒，延伸到想要去的地方。

后　记

为深入学习贯彻习近平文化思想，打造健康文明、昂扬向上、全员参与的职工文化，天津市总工会联合天津市作家协会、中国工人出版社开展天津市职工作家培育工程，深入挖掘中国职工文学起源地的深厚宝贵资源，创作职工文学精品，大力传承和弘扬职工文学，积极推动天津职工文学繁荣发展。通过培育工程，力求发现培育一批职工作家，点燃天津职工文学创作之火，推出讴歌新时代、颂扬主旋律、增强职工精神力量的现实主义小说作品，讲好中国故事、天津故事、职工故事，大力弘扬劳模精神、劳动精神、工匠精神，凝聚起为实现中华民族伟大复兴中国梦而团结奋斗的强大精神力量。

2023年4月培育工程启动以来，面向天津市职工征集5万字以上中长篇小说，先后召开两次专题工作推进会，举行职工作家培育工程座谈会，举办职工读书分享活动，基层工会认真组织，广大职工文学爱好者积极参与，共收到53部应征小说作品。天津市总工会、天津市作家协会成立专家评审组，推选出了10部小说作品，由此确定10名职工作家培育对象，随后邀请知名作家、评论家对10名职工作家培育对象作品进行指导，小说作品都在原有的基础上进行了结构和文字上的拓展完善，2023年底完成10部小说作品的成稿，经过中国工人出版社专业出版团队精心打造书稿，2024年4月出版发行天津市职工作家创作文丛。

感谢著名作家蒋子龙对培育工程的关注和支持，特别是蒋老逐篇审阅了文丛书稿，提出了修改意见，并亲自为文丛作序，倾注了大量心血，他对晚辈和新人的倾心扶植与关爱，让我们感动。全国总工会对天津市职工作家培育工程给予充分肯定，全国总工会宣教部专题听取汇报，提出指导意见，对丛书出版和推介也提出具体意见。感谢天津市委宣传部、天津市作家协会对丛书编辑出版的指导和支持。还要感谢王震海、狄青、张楚、邵衡宁、宋曙光、徐福伟、黄桂元（按姓氏笔画排序）等作家、评论家对职工作家培育对象进行了一对一悉心培育，对作品给予了一对一倾心指导，在此对各位领导和专家表示衷心的感谢。

由于编者水平有限，疏误之处，敬请广大读者批评指正。

天津市总工会

2024年4月